탁월한 책쓰기

베스트셀러 작가를 꿈꾸는

탁월한 책쓰기

전준우 지음

푸른영토

나는 왜 작가가 되었을까?

어떤 글을 쓰든지

독자가 미치는 영향력을

언제 받아들여야 할지

의식적으로 선택하는 법을 터득하라.

—피터 엘보

"성공한 사람들에게는 공통점이 있습니다. 모두 책을 썼다는 것입
니다"

언젠가 친한 지인이 해준 말이다. 나는 그의 말을 듣고 책을 쓰기

시작했다. 쉽지 않았다. 첫 책을 출간하는 데 5년이나 걸렸다. 어떤 식으로든 성공해야겠다는 마음으로 책을 쓴 것은 물론 아니었다. 어린 시절 꿈이 작가였다는 것도 한몫했지만 내가 책을 쓴 이유는 다른 데 있었다. 책을 쓰는 것이 자기 성장에 있어서 가장 기초가 된다는 확고한 믿음이 있었기 때문이었다.

묵상과 독서. 나는 이 두 가지가 인간을 성장시키는 데 있어서 가장 훌륭한 습관이라고 믿는다. 책과 묵상을 통해 마음을 단련한 사람들은 늘 세상을 앞서나갔고, 다양한 방향으로 세상을 변화시켰다. 그리고 그런 과정들 속에서 겪은 경험과 놀랄만한 기회들을 책으로 기록했다. 그들의 삶도 존중받아야 하지만 무엇보다 책이 존중받아야 하는 이유를 거기에서 발견할 수 있었다.

누구나 살면서 어려운 문제들을 만난다. 걱정에 빠지고, 두려움에 빠지고, 고통과 근심에 빠진다. 나는 그럴 때마다 책을 펴놓고 고민했다. 세상이 잠든 새벽에 일어나서 책을 읽고 묵상하는 시간을 가졌다. 꾸준히 읽고, 생각하고, 답을 찾았다.

책에는 노련한 지혜들이 많이 있었다. 그 지혜들을 삶에 적용시키면서 문제들을 하나, 둘 해결해나갔다. 책에는 확실히 나에게서 찾을 수 없는 놀랄 만한 지혜가 많이 있었다.

요즘 책 쓰기가 유행이다. 유명인도 책을 쓰고, 전문직 종사자도 책을 쓰고, 직장인도 책을 쓴다. 책 쓰기에 대한 방법론을 이야기하는 책도 많이 출간되었다. 나는 교육업을 하면서 책 쓰기 컨설팅도 하고 있는데, 책을 쓰고 싶어 하는 사람들에게 조금이라도 도움이 되지 않을까 싶어 이 책을 썼다.

독서는 질문을 위해 존재한다. 질문은 인간에게만 허락된 가장 원초적이며 혁신적인 기회다. 질문을 통해 삶 속에 많은 변화를 만들어낼 수 있고, 마음의 결을 깊게 연단 시킬 수 있다. 독서는 인생을 가장 세밀하게 관찰할 수 있는 기회의 창이기도 하다. 그 너머에는 책 쓰기가 자리하고 있다. 다양한 질문을 통해 좋은 해답을 얻고, 그 해답을 묶으면 책이 된다. 나는 그렇게 만들어진 책을 탁월한 책이라고 일컫는다.

교육과 배우 활동을 평생의 천직으로 삼겠다고 결심하고 교육에 관련된 책을 썼고, 독서법에 관련된 책도 썼다. 얼마 전 출간된 첫 책『교육의 힘』을 시작으로『초격차 독서법』을 썼고, 지금의『탁월한 책쓰기』도 출간했다.

사람들이 책을 보지 않는다. 그래서 출판계가 어렵다는 이야기가 있다. 미디어의 발달 때문이다. 하지만 전적인 이유는 아니라고 본다. 좋은 책을 찾기 힘들다. 사람들이 책을 보지 않는 이유 중 하나가 아닐까 생각해본다. 화려하고 보기 좋은 멋진 문장을 쓸 수 있고 1년에 몇 권의 책을 출간해낸다고 해서 글을 잘 쓴다는 의미는 아니다. 읽는 사람이 작가의 마음과 생각을 느끼고 깊이 있게 이해할 수 있도록 써야 잘 쓴 글이라고 할 수 있다.

글로 풀어낼 만한 마음의 세계가 없는데 좋은 글이 나올 수는 없다. 마음의 깊이를 삶에서 더하는 일이 우선이다. 마음의 깊이가 없는 사람이 쓴 책은 글이 아니라 글자에 불과하다. 좋은 책을 쓸 것인가, 잘 팔리는 책을 쓸 것인가? 모두 중요한 일이다. 탁월한 책을 쓰기로 결심한다면 둘 다 이룰 수 있을 것이다.

책을 통해서 얻을 것은 많다. 배울 점도 많다. 앞으로도 기회가 된다면 마음에 남을 만한 좋은 책을 꾸준히 쓰고 싶다. 책은 사람이 만들고, 사람은 책이 만든다. 책을 통해 사람이 되는 기회를 얻었고, 이제 그 기회를 전하기 위해 책을 쓴다.

책 쓰기는 많은 생각을 해야 하는 일이다. 살아온 경험이 짧고 생각이 부족해서 그런 부분이 책에 많이 드러나지 않을까 싶다. 모쪼록 너그러운 마음으로 읽어주시길 바란다. 언젠가 책을 한 권 출간하고 싶은 분들에게 이 책이 작은 도움이 되었으면 한다.

Chapter 2 | 어떻게 쓰고 어떻게 출판할 것인가?

01 기획 단계

02 원고 집필 단계

Chapter 3 | 당신은 이미 베스트셀러 작가다

Chapter 1

세상에 들려줄
당신만의 이야기

당신만의 이야기가 준비되어 있는가?

나는 우연히 책을 쓰게 되었고 우연히 작가가 되었다. 책 쓰기 컨설턴트를 하고, 집에서 공부방을 운영하는 아내를 도와서 아이들도 가르친다. 한 번씩 강의도 다니니 강연가이기도 하다. 짧은 인생을 살면서도 많은 경험을 했다. 국제 대안고 교사, 무역회사 대표, 어학원 부원장, 국내 점유율 1위의 학습지 교사를 거쳐 극단 배우로도 활동하고 있다.

학창시절 공부를 잘했다거나 무슨 특별한 재능이 있었던 건 아니다. 지극히 평범했다. 오히려 부족한 학생에 가까웠다. 공부와는 거리가 멀었지만, 책 읽기는 무척 좋아했다. 책을 써서 작가가 된 것도 그때의 독서습관이 뒷받침된 듯싶다.

내 어린 시절, 나는 늘 책을 읽고 있었다. 그래서였을까. 글쓰기 실력이 나쁘지는 않았던 모양이다. 중학교 3학년 때 전교생을 대상으로 논술시험을 쳤는데 1등을 했다. 공부와는 거리가 멀었지만, 논술시험 덕분에 간신히 인문계 고등학교에 진학했다. 하지만 거기까지였다. 노는데 있어서 둘째가라면 서러운 친구들만 들어간다는 곳이었다. 당시 나는 친구들과 함께 문제(?)학생으로 분류되어 하루하루 의미 없이 살았다. 공부는 일찌감치 접었고, 수학은 전교생 230명 중에 220등을 왔다 갔다 했다.

내 인생에 있어 10대와 20대 초반은 마음의 갈피를 잡지 못하는 시간의 연속이었다. 어떤 꿈을 꾸어야 하는지도 몰랐다. 20대 중반이 되기 전까지 나는 아무런 목적 없는 인생을 살았다. 꿈꾸며 지낸 시간보다 헛되이 날려버린 시간이 더 많았다.

기업인이자 방송인으로 맹활약 중인 백종원 씨가 언젠가 방송에서 이런 이야기를 한 적이 있다.

"도태되어야 할 사람은 도태되어야 합니다."

무척 인상적이었다. 나는 도태되면서 살 수밖에 없는 20대의 전반

전을 보냈다. 조금만 더 깊이 있게 생각하고 세밀하게 나를 가다듬을 수 있는 마음을 배웠었더라면, 조금만 더 나를 발전시키고 다른 사람들을 배려할 수 있는 마음을 배웠었더라면, 돌이킬 수 없는 아쉬움이 남았다.

이때 내 마음 깊은 곳에선 의미 있는 일을 찾고 있었다. 개인의 이득보다 사회의 정의와 공동체 성장에 목표를 두고 사는 사람과의 교류, 나는 그런 사람들과의 만남을 통한 변화를 원하고 있었다. 풍요로운 마음의 세계가 만들어진 사람들과의 대화는 여러모로 큰 성장을 만들어내는 법이다. 지금의 인생보다 더 나은 무엇인가가 내 인생에 있을 것이라는 생각이 늘 들었다.

군대에 가기 전에는 한 달 정도 인도 여행을 계획했었다. 인도의 구석구석을 여행하는 탐험가가 되어 인간을 탐구하는 일을 해보고 싶었다. 눈으로는 볼 수 없는 세계를 살아가는 사람들, 내게 인도는 그런 사람들이 모인 세상처럼 느껴졌다. 갠지스 강을 바라보며 깊은 명상도 해보고 싶었고, 인도를 여행하는 사람들과 삶의 아름다움에 대해 이야기도 해보고 싶었다. 하지만 계산 착오로 여권 발급이 지연되었고, 입대 일주일 전까지 공장에서 아르바이트하는 바람에 여행 일정을 놓쳐버렸다. 거창하게 계획해둔 인도 여행은 결국 실패로 끝났다.

그처럼 20대의 나는 모든 일을 너무 쉽게만 생각했고, 깊이 생각하는 방법을 배우지 못했다. 하지만 기회가 되면 언젠가 의미 있는 일을 찾으리라, 수없이 다짐했다.

　하루하루가 빠르게 지나갔다. 대학교에 가면 인생이 달라질 것이라 생각했는데 그렇지 않았다. 살아가는 데 초점이 맞춰져 있어서 어떤 것도 할 여유가 없었다. 아르바이트가 없는 날에는 동아리 선후배들이나 친구들을 만났다. 웃는 얼굴로 모여서 밤늦게 술집에서 헤어졌다. 일주일에 2, 3일은 그런 생활을 했다.

　그 속에서도 나는 끊임없이 변화를 꿈꿨다. 어제보다 나은 내일을 만들고 싶다는 마음이 있었다. 인생에 어떤 변화가 찾아와서 삶을 바꿀 수 있는 기회가 생긴다면, 온 마음을 다해서 배우고 나를 던져보리라는 생각을 하고 있었다. 그리고 그 기회는 생각지도 못한 어느 순간 갑자기 찾아왔다.

　아프리카 해외봉사에 관한 현수막이 학교 게시판에 걸려있는 것을 보게 되었다. 지금도 그 순간이 또렷하게 기억난다. 잊히지 않고 기억에 남아있는 이유는 그 이후로 내 인생의 많은 부분이 바뀌고 성장했기 때문이다.

　사실 그당시에는 현실에서 도망치고 싶은 마음 뿐이었다. 아프리카의 순수한 아이들, 밝은 미소를 가진 봉사단원의 얼굴들, 그런 건 아무래도 좋았다. 가서 영어나 배우고 좋은 경험이나 했으면 좋겠다고 생각했다. 하지만 위대한 운명의 변화는 그런 작은 호기심과 도전에서 시작된다는 것을 그때 처음 깨닫게 되었다.

그렇게 출발한 아프리카에서 8개국 언어를 구사하는 여고생을 만나게 되었다. 평생을 병상에서 지내며 딸의 도움을 받아야 하는 아픈 엄마와 함께 판잣집에서 살던 아이였다. 그 여자아이는 '꿈이 무엇인가?' 하고 묻는 내게 이렇게 이야기했다.

"평범한 엄마가 되는 게 꿈입니다. Just mom, no sick, no poor."

그 여학생은 열여덟 살이었다. 그 학생이 생각하는 평범함은 내가 생각하는 평범함과 거리가 멀었다. 한국에서는 당연한 것이 그에게는 당연한 세계가 아닐 수 있었다.

요하네스버그Johannesburg와 프레토리아Pretoria의 거리는 중세 유럽이나 영국을 보는 것처럼 웅장했고 최신식 건물이 즐비했다. 고급 외제차를 모는 백인들, 그들과 어울리는 흑인들 등 다양한 사람들이 존재했다. 처음 아프리카에 갔을 때 내가 생각하는 아프리카의 모습이 아니었기에 꽤 놀랐다. 아프리카의 유럽이라고 불리는 남아공의 화려한 모습은 사자가 뛰놀고 기린이 풀을 뜯어 먹는 아프리카를 상상하던 내게 약간의 실망감도 안겨주었다. 그러나 그런 곳은 지극히 일부분일 뿐이었다.

어느 국가에든 마찬가지겠지만 빛과 어둠이 함께 공존하는 세계였다. 부자는 계속 부자가 되고, 가난한 사람은 계속 가난해지는 부익부 빈익빈 현상이 그곳에서도 마찬가지였다. 평범하지 않은 엄마가 평범한 엄마보다 더 많은 곳, 아프리카.

스무 살도 되지 않은 임신한 여학생들이 많이 있었고, 마리화나 같은 마약도 일상이었다. 낮에도 빈번하게 강도 사건이 발생했다. 그래서 저녁 시간에 아프리카 거리를 산책한다는 것은 굉장히 위험한 일이었다. 한국처럼 늦은 밤에 슬리퍼를 신고 슈퍼에 다녀온다는 것은 아프리카에서는 상상조차 할 수 없는 일이었다.

사람들은 가난했다. 한국에서 봉사단원들이 가지고 온 슬리퍼나 티셔츠를 훔쳐 갔다. 속옷을 훔쳐 가는 경우도 있었다. 2평이 채 되지 않는 슬레이트 집에서 하루하루를 연명하는 사람들은 우리가 한국에서 가지고 온 모든 것들을 신기하게 쳐다봤다. 한국에서 2천 원 주고 산 싸구려 슬리퍼도, 5천 원짜리 모자도 그들에게는 '수입품'이었다.

힘들게 하루하루를 살아가는 사람들이 모인 동네에서 차를 타고 10분만 가면 고급 외제차가 즐비한 동네가 나왔다. 극심한 빈부의

격차, 내가 살아온 세계와 전혀 다른 세계에 사는 사람들에게는 그런 것들이 현실이라는 것이 믿어지지 않았다.

꿈이 거창한 게 아닐 수 있다는 것을 그때 처음 알았다. 내게는 당연한 일이 그들에게는 당연한 게 아니었고, 내가 불편해하는 현실이 그들에게는 상상조차 할 수 없는 편안함이나 안락함일 수도 있다는 것을 알았다. 그런 경험들이 나를 한층 더 성숙한 사람으로 만들어주었다. 지금의 나를 만든 곳이 아프리카였고, 내면의 대부분을 창조한 곳도 아프리카였다.

그때의 경험 이후로 나는 '녹록지 않은 현실' 같은 단어를 내 삶에서 제거해나가기 시작했다. 지금도 그런 말을 별로 좋아하지 않는다. 현실은 이상과 엄연히 분리되어야 하는 세계다. 녹록지 않고 만만하지 않은 세상을 살면서도 빠르게 성장하는 사람들 또한 많지 않은가? 결국은 생각과 관점의 차이다.

30대가 되어 시작한 사업이 1년도 채 되지 않아 실패한 뒤에 많은 어려움을 겪으면서 녹록지 않은 세상을 발견했다. 그러나 세상은 문제가 없었다. 문제는 내 안에 있었다. 어디까지나 내가 준비되어 있지 않아서 실패하고 어려움을 당한 것이지, 세상에 존재하는 다양한 시스템들이 무슨 문제가 있어서 어려움을 겪고 실패한 것은 아니었다. 그런 어려움을 겪고 지금의 난 작가, 교사, 강연가, 책 쓰기 컨설턴트가 되었다. 실패와 어려움들은 결국 지금의 나를 만드는 과정이었고, 기회였다.

이 책을 읽는 사람들은 책을 쓰고 싶은 사람이거나 언젠가 책을 출간하기 위해 준비하는 사람들이라 믿는다. 우선 탁월한 책을 쓰기 위해 먼저 알아야 할 것은 내가 누구인가 하는 것을 분명히 설명할 수 있어야 한다는 것이다.

중간중간에 언급했지만, 이 책은 소중한 내 젊은 시절 절반을 실패로 끝내버린 것에 대한 자기반성, 꾸짖음 그리고 작가로서 반드시 갖추어야 할 마음의 단계에 대해 기록했다. 작가가 되기 위해 필요한 것은 방법론이 아니라, 내가 누구인지 아는 것이 먼저다. 거기에서 만들어진 세계가 한 권의 책을 쓸 수 있는 귀한 재료가 된다.

이 책에서 어떤 것을 얻을 것인지, 무엇을 배울 것인지는 당신의 노력과 의지에 달려있다. 다만 '내 책과 내 글이 항상 좋지는 않다. 부족할 수 있다'는 사실을 이 책을 통해 발견한 사람이라면 그렇지 않은 사람들보다 훨씬 더 훌륭하고 탁월한 글을 쓰는 작가가 될 수 있다는 것을 깨닫게 될 것이다.

미래에 대한 두려움에서 시작된 변화

　내가 처음 다닌 회사는 무역회사였다. 당시 37살의 젊은 L 부장님이 직속 상사였다. 토익점수가 만점에 가까웠던 부장님은 일도 열심히 했고 똑똑한 분이었다.

　그 회사에는 L 부장님만큼 대단한 분들이 많이 계셨다. C 차장님은 서울의 명문대 영문학과를 졸업하셨는데 부장님만큼 영어를 잘했다. 또한 K 과장님은 나를 많이 아껴주신 분이었는데 국내 최고수준의 공대를 졸업하고 박사학위까지 취득한 분이었다. 모두들 일을 열심히 하였지만, 회사는 6개월치 월급이 밀릴 정도로 어려워졌다.

L 부장님의 책상 앞에는 작은 액자가 하나 있었다. 막내아들이라고 했다.

"아들 사진만 보면 괜히 눈물이 나네. 더 열심히 살아야지, 하는 생각이 들어."

나는 부장님을 곁에서 지켜보면서 회사생활이 결코 쉽지 않음을 느꼈다. 부장님은 아침 7시 전에 출근했고, 밤 9시가 되어야 퇴근했다. 프로젝트가 있는 날에는 새벽까지 철야를 했고, 3일 동안 밤을 새운 적도 있었다. 만점에 가까운 토익 점수와 뛰어난 회화 능력 그리고 무역회사 부장의 타이틀. 그럼에도 부장님은 작은 전셋집에서 살고 있었다. 그 모습은 내 미래의 모습이 될 수도 있었다.

내가 근무하던 그 회사는 중소기업 중에서도 규모가 제법 큰 회사였다. 그러나 추진하던 프로젝트가 실패하면서 경영난에 빠졌다. 내가 입사했을 때는 이미 심각한 경영난에 허덕이던 때였다. 휴가 기간에도 분위기는 심각했다. 휴가비는커녕 휴가가 취소된다는 이야기도 있었다. 결국, 그해 여름휴가는 없었다. 몇몇 직원을 제외한 나머지는 휴가를 반납하고 출근했다. 해외여행이다 뭐다 휴가철로 떠들썩할 때, 부장님들은 회사에 출근해 기울어진 회사를 살리고자 노력했다.

나는 회사의 부속품일 뿐이고 회사 역시 내 인생을 책임져줄 수 없다는 것을 그때 알았다. 가족들에게 아빠의 빈자리를 안겨주는 부장, 회사가 기울어지면 가족도 기울어지는 그런 부장, 영어도 잘하고 일도 잘하지만 회사에서 나가라고 하면 나가야 되는 부장. 나도 그런 아버지로 남겠다는 생각이 들었다.

신입사원 10명 중 7명은 이직을 고민하고 실제로 84%의 사람들은 이직을 준비한다고 한다. 온라인 취업포털 「사람인」에서 2년 미만 경력직 1,873명을 대상으로 조사한 결과에 따르면 73.6%의 사람들이 '다른 기업에 신입사원으로 지원할 의향이 있다'고 한다. 12년 공부해서 대학까지 졸업한 사람들이 쉽게 이직이나 퇴사를 고민한다. 많은 이유가 있겠지만 아마 나와 비슷한 고민을 했기 때문일 것이다.

회사는 얻는 것과 잃는 것이 분명하게 나누어져 있었다. 조금만 노력하면 회사에 필요한 인재, 회사가 원하는 사람은 충분히 될 수 있었다. 반면에 내가 원하는 인생은 살지 못한다는 것도 분명했다.

회사는 어떤 것도 충족시켜주지 못했다. 대단히 풍족한 삶을 살겠다는 꿈을 가진 것도 아니고 그저 조금씩 나아지는 삶을 살고 싶을 뿐이었는데, 이후에 경험했던 그 어떤 회사들도 내게 비전이나 꿈을 이야기해주지 못했다. 아무리 열심히 일해도 회사는 회사일뿐이었다. 내가 겪은 것과 같은 현실은 대부분 직장인이라면 겪는 문제들이다. 아무리 탄탄한 기업에 속해있다고 해도, 아무리 직장인의 마인드가 아니라 사장의 마인드로 일해도, 내가 사장이 될 수는 없는 노릇이다. 나는 그저 일부분일 뿐이다. 언제든지 교체될 수 있다.

책을 출간해서 작가가 되는 것, 그런 미래에 대비하는 가장 좋은 방법들 중에 하나라고 자신 있게 말할 수 있다. 나는 책을 쓰기에 앞서 지금보다 나아지고 싶다는 간절함, 더 이상 이렇게 살고 싶지 않다는 간절함, 그 강한 간절함이 책을 쓸 수 있도록 이끌어주었다.

결혼 후 '언젠가 내 책을 출간해야지' 하고 생각했었다. 그러나 첫 책을 완성하기까지 걸린 시간은 무려 5년이었다. 이유는 단순했다. 간절함이 없으니 되는대로 막연히 쓴 것이었다.

'언젠가 완성되겠지. 그때까지만 쓰자. 안되면 말고' 딱 여기까지였다. 그 이상의 간절함은 없었다. 그러다가 틈틈이 써오던 원고를 출판사에 투고했는데 어느 날 연락이 왔다. 기대조차 하지 않았는데 계약하자고 연락이 온 것이다. 최종 원고를 언제까지 줄 수 있느냐는 질문에 너무 긴장해서 "다음 주까지 보내드리겠습니다"라고 말해버렸다. 원고지 300장도 채 안된 상태였다. 출판사의 대표님은 웃으시더니 두 달 안에 원고를 완성해달라고 하셨다.

그때부터 초고를 쓰기 시작했는데 원고지 1,300장 분량의 원고를 완성하는 데 한 달 반이 걸렸다. 총 2,000장이 넘는 원고지 분량의 초고를 한 달 보름 사이에 쓴 셈이다. 퇴고하는 데 보름이 걸렸다. 첫 원고다 보니 마감만큼은 어기지 말아야겠다는 생각에 미친 듯이 써 내려갔다.

그렇게 나는 미래에 대한 두려움으로 인하여 작가, 교사, 강연가, 책 쓰기 컨설턴트가 되었다.

글을 잘 쓰는 사람은 세상을 이끌어간다. 글을 잘 쓰는 사람은 지적으로 풍요로운 사람이라는 인상을 주기에 충분하다. 그래서 잘 쓴 글을 책으로 출간하는 것은 지금 이 시대에 가장 효과적인 투자라고 할 수 있다. 글의 영향력은 무시할 수 없다. 인터넷에 올라온 댓글 하나만 보더라도 한 사람의 인생을 좌지우지할 수 있다.

당신도 책을 어렵지 않게 쓸 수 있다

책을 쓴다고 이야기하면 사람들의 반응이 비슷했다.

"대단하네."
"그런 사람도 있겠지."
"머릿속에 쓸 내용이 많은가 보네."

이런 반응은 양반에 속했다. 대부분의 사람들은 말도 안 되는 일이라고 생각하거나 생뚱맞다는 표정으로 나를 쳐다보곤 했다. 학습지 기관에서 근무할 때 부장급 되는 직원 한 명은 내가 "올 한해 5권의 책을 출간하는 게 목표입니다"라고 이야기했을 때, 말도 안 되는 소리를 한다는 표정으로 나를 쳐다봤다. 하지만 그때 나는 이미 첫 책 출간을 앞둔 상황이었고 두 번째 책인『초격차 독서법』이 출판사에서 검토 중이었다. 원고 내용의 부실로 아직 계약되지 않은 세 번째 책이 퇴고 단계에 있었다.

첫 책을 쓰는 데는 두 달이라는 시간이 걸렸다. 그리고 두 번째 책을 쓰는 데는 한 달 보름이 걸렸고 세 번째 책을 쓰는 데 걸린 시간은 보름이었다. 갈수록 그 시간은 짧아졌다.

그 비법은 무엇일까? 책 쓰기는 어떤 일들보다 집중력이 요구되는 고된 작업이다. 그러나 어떤 책을 쓸 것인가, 어떤 내용으로 책을 쓸 것인가 고민해본다면 빠른 기간 내에 책을 쓰는 게 그렇게 어렵지 않다는 결과가 나온다.

독서에도 단계와 수준이 나눠지듯이 책을 쓸 때도 종류가 나눠진다. 더 세밀하게 나눌 수도 있지만 쉽게 설명하기 위해 크게 5가지로 나눠보았다.

· **자서전**
· **에세이**

· **자기계발서**

· **교육서적**

· **문학 서적**

문학 서적과 전문교육 서적은 금방 쓸 수 있는 분야는 아니다.

나는 국제대안학교를 포함한 다양한 교육기관에서 아이들을 가르쳐본 경험이 있다. 그때 교육기관의 문제점과 사고하지 않는 사람을 만드는 교사들의 문제점에 대해 많은 것을 느꼈다. 어느 시대에나 학생들의 독서력 저하와 임기응변식 교육방침에 관한 부분은 기삿거리가 되어왔지만, 분석하며 읽고 토론하는 능력이 과거에 비해 한참 뒤떨어짐을 교육기관에서 근무하면서 많이 느꼈다. 그래서 학생들의 가정 내 인성지도와 더불어 올바른 교육을 선도하기 위한 방법론을 제시한 교육 서적을 집필 중이다.

이런 책은 적잖은 시간이 걸린다. 교육 서적 이전에 전문 서적의 범주에 들어가기 때문이다. 많은 자료를 토대로 오랜 생각을 해야 하기 때문에 빠른 시일 내에 끝낼 수 있는 게 아니다. 개인의 주관적 견해보다는 검증된 연구와 자료를 기반으로 쓰여야 하기 때문에 단기간에 끝낼 수 없다.

하지만 자서전과 에세이, 자기 계발서는 개인의 경험과 노하우에 의존한 책이다. 가볍게 읽을 수 있고 어떤 면에서 가장 실용적이고 도움이 되는 분야의 책이기도 하다. 특히 작가의 깊은 노하우와 이야기가 담겨 있는 자기 계발서와 자서전은 독자들에게서 지혜와 위로를 안겨주기도 한다. 따라서 그만큼 쉽고 빠르게 써 내려갈 수 있는 분야의 책이기도 하다. 그리고 자신의 현재 직업과 관련된 책도 쉽게 쓸 수 있는 분야 중 하나다. 책을 쓴다는 것은 경험과 노하우를 그대로 종이 위로 옮기는 일이다. 쉽지 않은 일이지만 마냥 어려운 일도 아니다.

몇 권의 책을 출간해내면서 작가가 되었다. 그러자 책 쓰기를 알려달라고 하는 분들이 생겼다. 하지만 책을 쓰고 싶어 하는 분들에게 책 쓰기에 대해 방향을 제시해주는 것 외에 내가 할 수 있는 게 별로 없다는 것을 알았다. 대필이 아닌 이상 대신 그들의 책을 써 줄 수도 없다.

나는 글쓰기를 배운 적이 없다. 따로 비결이 있다면 무척 공을 들여서 독서를 한다는 점이다. 무엇보다 다독했다. 다독은 습관이었다. 논리적으로 문장을 배열하는 방법을 자연스럽게 터득했고 초고를 쓰고 난 이후에는 오랜 시간 공들여서 퇴고를 반복했다. 글쓰기는 배워서 터득하는 방법보다 본인의 꾸준한 노력과 수고가 얼마만큼 뒷받침되느냐에 따라 월등하게 좋아진다고 믿는 입장이다. 결국 글쓰기를 기반으로 한 책 쓰기는 작가의 노력으로 말미암은 것이기 때문이다.

책을 쓴다는 것은 문예창작과를 나왔거나 국문학과를 나와야만 가능한 일이 아니다. 사람들에게 정보와 지식을 전달하며 더불어 감동과 위안도 함께 줄 수 있다면 누구나 책을 쓸 수 있다. 반대로 생각해봤을 때, 그런 마음이 없다면 쓸 수 없는 게 책이다.

지인 중에 20년 가까이 목수로 활동하는 분이 계신다. 인테리어 업계에서 이미 잔뼈가 굵은 분으로 적지 않은 소득을 올리는 분이었다. 나는 그분에게 책 쓰기를 권유했고, 그분은 정중히 거절했다.

"세상에 이루어놓은 업적이 없는데 어떻게 책을 쓰겠노? 아무나 책을 쓰는 것도 아닌데."

당신도 그렇게 생각하는가? 아래 목록은 일반인들이 자신의 직업과 관계된 이야기를 쓴 책들이다.

『나는 목수다』, 송광순, 만인사
『나는 속초의 배 목수입니다』, 김영건, 최윤성, 책읽는 수요일
『청년 목수』, 김현민, 라온북
『삶을 짓는 목수 이야기』, 유광복, 바이북스

사실 어느 한 분야에서 10년 넘게 종사했다면 그 사람은 프로나 다름없다. 어떤 분야에서 근무하느냐에 따라 다르겠지만 10년 동안 경험을 통한 노하우들은 결코 무시할 수 있는 게 아니다. 하지만 대부분의 사람들은 그런 조언을 쉽게 거절한다.

인터넷 카페에서 만난 어떤 분은 15년 동안 학원에서 강사로 근무하다가 교육사업을 시작했는데 잘 안돼서 어렵다고 이야기했다. 그러면서 "어떻게 하면 이미지를 좋게 만들 수 있을까요?" 하고 하소연하는 글을 올렸다. 나는 "책을 써보시는 게 좋겠습니다" 하고 댓글을 달았고, 얼마 뒤 그분은 이렇게 댓글을 달았다.

"책을 쓰라고요? 지금 비꼬시는 건가요?"

내가 첫 저서인 『교육의 힘』을 출간했을 때 놀라워하던 사람들이 많았다. 그러나 나처럼 교육기관에서 선생님으로 근무하던 사람들이 쓴 책은 많다. 내가 교보문고에서 첫 저자 강연회를 할 때 내 책을 구매하신 뒤 친필 사인을 부탁하신 분도 어린이집 원장으로 근무하며 책을 출간한 작가분이었다. 적잖은 시간을 들여 글을 쓰고 퇴고하는 과정이 필요한 것은 사실이지만 자신의 일에 애착과 자부심을 갖고 있다면 누구나 책을 출간한 작가가 될 수 있다.

나만이 할 수 있는 일, 나만이 가질 수 있는 기술과 능력은 반드시 다른 사람에게 귀감과 교훈이 될 수 있다. 한 가지 일에 오랫동안 종사하며 전문성을 쌓은 사람은 누구나 그 위치에서 전문가라고 할 수 있다. 전문가는 좋은 대학을 졸업해야만 얻을 수 있는 타이틀이 아니다. 남들보다 오랜 시간 관련 분야에 종사한 사람이 전문가다.

당신에겐 다른 사람이 가지지 못한 탁월함이 있는가? 남들이 모르는 새로운 정보, 남들이 모르는 다양한 기회를 알고 있는가? 누군가에게 도움이 될 수 있는 위대한 가치를 마음에 품고 있는가? 그렇다면 당신도 책을 쓸 수 있는 자격이 있고 작가가 될 수 있다. 당신이 몰랐던 기회가 삶 속에 존재하고 있다. 놓치지 마라. 당신도 남들이 모르는 당신만의 매력을 책으로 담아낼 수 있는 기회를 갖고 있다.

티끌 모아 태산, 티끌 모아 책

책은 밥과 같아야 한다. 배가 고프면 밥을 먹듯이 책 읽기와 책 쓰기가 그렇다. 본능처럼 습관을 들일 필요가 있다. 마음을 길들이듯 읽고 쓰기에 길들여져야 한다. 오랫동안 일기를 쓰려면 먼저 습관이 되어야 하듯이 책을 쓰는 것도 습관이 필요하다.

나는 10대 때부터 꾸준히 일기를 써온 습관 덕분에 하루에 원고지 20장 분량의 글을 채울 수 있는 힘이 생겼다. 일기를 쓰면서 생각을 정리하는 것만 배운 게 아니라 다양한 주제의 책을 읽으면서 다양한 주제를 대상으로 책을 쓰는 것도 가능해졌다. 꾸준히 무엇인가를 기록하는 행위 그 자체만으로 논리적으로 서술하는 능력도 함께 키운 셈이다. 그 과정에서 책을 쓰기 위해 필요한 좋은 습관들이 만들어졌다.

　의미 없는 메모가 책의 좋은 소재가 될 수 있는 것처럼, 생각을 정리하는 과정에서 충분히 좋은 아이디어와 깨달음도 생긴다. 나는 하루에도 수없이 많은 '의미 없는 메모들'을 노트와 책의 여백에 남긴다. 그것들을 살뜰하게 모아 책의 소재로 쓴다. 티끌 모아 태산을 만들기란 무척이나 어려운 일이지만 적어도 메모에 있어서는 그렇지 않다. 메모는 기본적으로 중요한 것, 기억해두고 싶은 것, 마음에 작은 깨달음을 전해준 경우가 대부분이다. 티끌처럼 끄적거린 많은 메모들은 책을 쓰는 데 있어 무척 소중한 기회가 된다.

　나는 가방 속에 항상 노트를 들고 다니면서 메모하는 습관이 있다. 메모는 생각을 정리하는 데 있어서 최고의 습관이다. 아무리 좋은 아이디어도 적어두지 않으면 사라지기 마련이다. 언젠가 잠결에 좋은 아이디어가 떠오른 적이 있었다. '메모를 할까', 잠시 고민하다가 잠들었다. '아침에 일어나면 기억나겠지', 머릿속으로 수없이 되뇌다가 잠들었다. 아침에 일어났을 때, 간밤의 기억은 사라지고 없었다. 그 뒤로 잠시 화장실을 가거나 산책을 가더라도 작은 수첩을 들고 다니면서 생각을 정리하는 습관이 생겼다.

그렇게 모은 생각의 조각들은 한 권의 책이 되는 데 유용한 정보가 된다. 메모하면서 남긴 자료들은 아무리 하찮아 보여도 결코 낭비되는 생각들이 아니다. 메모는 나의 가치관을 담고 있다.

책은 생각을 정리하는 훈련을 꾸준히 해온 사람들만이 만들어낼 수 있는 창조물이다. 그래서 책은 생각의 도구상자와 같다. 깔끔하게 정리된 책은 그 자체만으로도 깊은 가치를 담은 그릇으로서의 의미가 있다. 정리되지 않은 생각을 가진 사람은 책을 쓸 수 없다. 책을 쓰려면 반드시 생각을 정리하는 습관이 필요하다.

글쓰기는 내 생각을 정리하는 과정이기도 하지만 생각을 세밀하고 조리 있게 정리하는 능력을 확인하는 길이기도 하다. 책을 쓰기로 결정했다면 반드시 생각과 마음을 정리하는 자세를 배워야 한다. 중요한 것은 정리해야 한다는 것이다. 그렇지 않으면 책으로 출간되기 어렵다.

생각을 정리하는 것, 무척 귀찮고 성가신 일이다. 근본적으로 내 마음이 변화하는 과정이기 때문이다. 다만 습관이 되면 마음을 정리할 수 있는 힘도 함께 생긴다. 모든 습관은 노력에 의해 굳어지기 마련이다. 생각을 정리하기 위해 다양한 시도를 해보라. 일기든, 낙서든, 사소한 기록이든, 무엇이든지 꾸준히 쓰는 것이 좋다. 책의 좋은 소재가 된다. 책을 쓰기로 결정했다면 그 목표대로 무엇이든지 시도 해보는 것이 좋다.

책 쓰기, 나만의 세계를 창조하다

누구나 자신의 인생을 돌아보는 순간이 온다. 비교적 빠른 나이에 인생을 돌아보는 사람도 있고, 늦은 나이에 지나간 시간들을 후회하며 돌이켜보는 사람들도 있다. 정답이 정해져있진 않다.

나는 아프리카에서 경험한 세계와 30대 초반에 시작한 사업들이 실패로 돌아가면서 비로소 '이제 무엇을 하고 살 것인가?' 하고 인생의 정확한 목표를 향해 나아갈 수 있는 고민을 할 수 있었다. 그리고 그때부터 계획을 하나하나 정리해보기 시작했다.

우리 인생에 중요하고 해야할 일이 너무 많다. 좋은 대학과 대기업에 들어가기 위해 하루하루를 고군분투하는 것보다, 어떤 일을 하며 어떤 인생을 살아야 할지 먼저 계획하고 구상하는 게 더 중요하다. 계획 없이 산다는 사람들이 많다. 계획이 없다는 말은 어떻게 살아야 하는지에 대한 목표가 분명하지 않다는 말과 같다.

살다 보면 다양한 사람들을 만난다. 그리고 다양한 기회도 함께 찾아온다. 그 기회가 연결되기도 한다. 인생은 끊임없는 연결과 만남으로 이루어져 있기 때문이다.

모건 프리먼과 잭 니콜슨 주연의 영화「버킷리스트Bucket list」에서 모건 프리먼은 버킷리스트를 하나하나 이루어나가는 주인공으로 출연한다. 1년 밖에 더 살지 못한다는 이야기를 듣고 버킷리스트를 작성한 뒤, 하나하나 이루어나가기 시작하는 그의 모습에서 나는 삶에서 가장 중요한 것은 무엇인가에 대해 생각했다.

타인을 돕는 삶을 살고 싶다는 인생의 목표를 정했고, 그 목표대로 지난 10년을 살아왔다. 목표와 달리 어긋난 시간을 보낼 때도 있었고, 힘들 때도 있었다. 그러나 마음이 그 목표에서 벗어난 적은 거의 없었다. 지금의『탁월한 책쓰기』를 쓰게 된 이유도 결국은 누군가에게 작은 도움이 되기 위해서 쓴 것이다. 내게 책은 다른 사람에게 도움이 되기 위한 도구의 일종이다.

책 자체를 만드는 건 어렵지 않다. 가치 있는 생각을 모아서 순서

대로 정리하기만 하면 책이 된다. 그런 의미에서 봤을 때 책 쓰기도 마냥 어려운 일만은 아니다. 내가 경험한 가치 있는 일의 연속, 그 과정을 그대로 글로 옮기기만 하면 되기 때문이다. 그러나 분명한 이유도 없는 이야기를 듣기 원하는 사람은 없다. 왜 책을 써야 하는지에 대한 정확한 설명이 필요하다. 다음과 같은 이유가 없다면 책은 쓸 필요가 없다.

- 왜 책을 쓰려고 하는가?
- 책이 나에게 갖는 의미는 무엇인가?
- 책을 통해서 이루고 싶은 것은 무엇인가?
- 책을 통해 누구에게 어떤 도움을 주고 싶은가?

이것이 분명하지 않으면 책을 쓰는 건 시간 낭비가 될 수도 있다. 누구든 책을 쓸 수 있다. 그러나 왜 책을 써야 하는지에 대한 의미는 분명해야 한다.

책은 당신만의 작은 세계를 창조하는 일이다. 그것을 세상에 내놓는 일이다. 무엇을 쓰든 상관없다. 내용이 대단하거나 거창하지 않아도 된다. 책을 써야 하는 분명한 이유가 분명하다면 지금 바로 시작해보자.

당신의 인생 2막은 지금부터다

언젠가 잘 아는 지인과 전화 통화를 한 적이 있다. 서울에 위치한 외국계 대기업에서 근무하며 승승장구하고 있던 그는 제법 친하게 지내던 한 살 터울의 동생이었다. 오래간만에 전화 통화를 하며 그는 마음에 품고 있었던 고민들을 내게 털어놓았다.

"고향에 있던 대기업에서 나와서 이직했어. 연봉은 500만 원 정도 줄었는데 그래도 서울이 안 낫겠나 싶어서 올라오긴 했지. 지금 아니면 언제 서울에서 살아보겠나 싶기도 했고. 근데 일이 엄청 많아. 아침 출근시간은 8시인데 퇴근이 없네. 어제도 밤 10시에 퇴근했어.

집에 가면 애들은 자고 있고, 어떤 날에는 아내도 둘째 끌어안고 졸고 있더라. 이게 사람 사는 일인가 싶을 때가 한두 번이 아니야. 심각하지. 모아놓은 돈은 없는데 나이는 조금씩 들어가고 있잖아. 지금 제대로 살고 있는 게 맞나 싶을 때도 있어."

주위를 둘러보면 이런 생각을 하며 사는 사람들이 많다. 현직에 있을 때는 그래도 꼬박꼬박 나오는 월급으로 생활하기에 부족함이 없었으니 괜찮았지만, 시간이 지날수록 은퇴 이후에 해야 할 일들에 대해 고민하게 된다. 이루어놓은 것은 없으니 더 고통스럽다. 뭘 어떻게 해야 할지 고민이다.

평생직장이라는 말은 사라진 지 오래다. 이제는 평생 직업, 1인 기업가라는 말이 심심찮게 들려온다. 1인 기업가나 사업이라는 게 특별한 사람만 하는 게 아니라 누구나 할 수 있는 일로 바뀌었다. 그러나 사업이나 창업, 1인 기업가를 하더라도 잘못하면 망하는 건 마찬가지다.

다음은 창업할 때 망하지 않는 5가지 원칙이다.

- **소자본으로 창업할 것**
- **365일 묶여있는 창업은 피할 것**

· 가족의 지지를 확보할 것

· 잘 알고, 좋아하는 일을 할 것

· 사업가 마인드로 무장할 것

위 5가지 원칙은 깊이 생각해볼 만한 내용이다. 5가지 원칙을 한 문장으로 만들면 이런 의미가 있다.

리스크를 최소화하라

사업을 하는 사람도 스트레스 없이 재미있게 해볼 수 있고, 가족들도 환영할 만한 일로 사업을 시작하며 사업가의 마인드로 차근차근히 일을 시작해야 최대의 효과를 볼 수 있다는 말이다. 얼핏 보면 대단히 쉬운 것 같지만 그렇지 않다. 그만큼 오랜 시간 많은 노력을 기울여야 하고 마음의 촉을 곤두세워야 한다. 사업은 결코 쉬운 게 아니다.

2009년 내가 아프리카에서 해외 봉사활동을 마치고 돌아왔을 때 아이폰이 처음 나왔다. 굉장히 신기했다. 앱을 다운로드해서 사용하는 것도 놀라웠다. 현실성이 느껴지지 않을 정도로 획기적인 발명품처럼 느껴졌다. 그런데 지금은 대부분의 사람들이 스마트폰을 사용하고 있고 다양한 앱을 사용한다. 지금은 수백만 개에 달하는 앱이 있고, 하루가 멀다 하고 새로운 앱이 개발되어 나온다. 이제는 10년 전처럼 신기하거나 대단하게 보이지 않는다. 이런 상황에서 아무런 자본도 없이 스마트폰 개발 사업에 뛰어드는 사람은 없을 것이다. 리스크가 크기 때문이다.

우리가 모르는 사이에 세상은 빠르게 변화한다. 그리고 그 변화의 속도는 시간의 경과에 따라 훨씬 더 빨라진다. 나이가 들고 시간이 흐르면 많은 것들이 변한다. 사람, 나이, 직장에서의 위치, 커가는 아이들 등등. 우리를 둘러싼 모든 것들이 성장하고 변화한다.

지금 하는 일이 앞으로도 안정적일 수 있다면 얼마나 좋을까? 그러나 세상은 무척 빨리 바뀐다. 다양성을 추구하는 수많은 사람들이 만들어가는 기회는 세상을 풍요롭게 하지만 개인이 인지하지 못하는 사이에 무척 빠른 속도로 바꾸어놓는다. 지금은 직장에서 안정적인 월급을 받으며 일을 하고 있다고 해도 언제까지나 승승장구한다는 보장은 없다. 때가 되면 떠나야 하기 때문이다. 그리고 그 시간은 생각보다 빨리 온다. 그래서 기회가 허락하는 한 조금이라도 빠른 기간 내 나의 롤 모델을 구상해두는 게 좋다. 세상에 획을 그은 사람이든, 아버지든, 베스트셀러 작가든, 누구든 좋다. 내 인생의 롤 모델을 구상해둔다면 생각과 마인드도 그쪽으로 닮아가게 된다. 적어도 지금보다 좋아지면 좋아졌지 나빠지기는 힘들다.

"서른여섯 살, 서른일곱 살 하고 나이만 셀 줄 알았지. 정년퇴직까지 남은 날을 헤아려보게 될 줄은 꿈에도 생각해보지 않았어요. 벌써 내 나이도 쉰 여섯이네요. 정년까지 3년 9개월 남았어요. 퇴직금은 두둑하게 나오겠지만 든든하진 않아요. 그냥 먹고사는 거죠."

직장생활을 하면서 알게 된 어느 분의 이야기였다. 그분은 가족을 위해 최선을 다했다. 다만 지나간 세월을 생각하면 아쉬움도 남지 않았을까. 지금부터라도 인생의 2막을 준비해야 할 차례다. 그 시작을 책 쓰기로 시작한다면 삶의 2막에서는 많은 것들이 달라진다. 나를 1인 기업가로 브랜딩하는 것, 오늘부터라도 책 쓰기에 주목해야 하는 이유가 바로 여기에 있다.

당신도 이젠 작가가 될 수 있다

정년퇴직을 바라보는 사람을 제외하고는 대부분의 직장인들이 50대 중반 정도가 되면 회사에서 은퇴하고 창업을 준비한다. 그보다 빠른 사람은 40대 초중반, 늦어도 40대 후반쯤에는 자신의 사업을 시작한다. 20대 초반부터 자신의 사업을 시작하는 사람도 있다. 회사에서 시키는 일에만 집중하기보다 내가 원하는 시간에 출근해서 일을 하고, 내가 원하는 시간에 퇴근하며, 삶의 행복도가 높은 일에 종사하고 싶다는 의미가 크다. 그러나 삶의 행복을 찾기 위해 보란 듯이 창업했다고 해서 모두 성공하는 것 또한 아니다.

사실 경제적인 여유로움이 삶의 행복과 직결되는 필요조건은 아니다. 행복은 어디까지나 내적 갈등의 최소화와 연결된 부분이기 때문이다. 인간이 느끼는 행복은 삶의 질이나 경제적 풍요로움과는 다른 세계에서 오는 경우가 많다.

· 가족과의 원활한 대화

· 원만한 친구관계

· 작은 것에도 기쁨을 느끼는 마음

개인의 행복은 다른 무엇보다 이런 요인들과 더 친밀하게 연결이 된다. 그렇다고 해서 경제적 결핍이 행복과 밀접하지 않다는 것은 아니다. 인생은 마라톤과 같다. 마라톤에 사점이라는 게 존재하듯이 인생에도 사점이라는 게 존재한다.

· 자녀문제의 사점

· 사업실패의 사점

· 경제적 문제의 사점

· 이혼과 별거의 사점

이 모든 것이 인생의 사점이다. 나는 사업 실패를 경험하면서 겪었던 경제적 어려움이 말할 수 없는 괴로움을 남긴다는 사실을 알았다. 아무런 준비 없이 시작한 사업은 금방 실패했고, 상당한 경제적 타격과 어려움을 겪었다. 나 혼자만의 문제였으면 좋으련만 가진 것 없는 남편에게 시집와서 고생하는 아내는 도대체 무슨 죄가 있는가 싶었다. 아내의 얼굴을 보고 있노라면 지금도 미안한 마음이 든다.

사업에서 실패하고 교육기관에서 근무하면서 나는 틈틈이 책을 썼다. 언제 출간될지도 모르는 원고를 붙잡고 꾸준히 써 내려갔다. 그러다가 한 출판사에서 연락이 왔고, 첫 책이 출간되었다. 첫 책을 출간하고 난 뒤에도 연달아 책을 써서 출간하면서 책을 쓰는 게 얼마나 중요한 일인지를 깨닫게 되었다.

「중소기업청」에서 조사한 창업 실패율에 따르면 3년 차에 34%, 5년 차에 54%, 10년 차 창업 실패율은 무려 74%에 이른다. 이는 곧 패기 넘치게 창업했는데 3년 뒤에는 10명 중 6명이 남아 있고, 5년 뒤에는 절반이 남아 있으며, 10년 뒤에는 고작 2명 남짓 사업을 유지한다는 것을 의미했다. 회사를 박차고 나와서 은퇴를 꿈꾸며 사업을 시작한다고 해도 모두 성공하는 건 아니라는 말이다. 그럴 때 내 책이 한 권 있다는 것은 굉장히 큰 위안이 된다. 내 이름 석 자뿐만 아니라 내가 하는 사업의 판도를 한 번에 뒤집어놓을 수 있는 귀중한 경험도 된다.

책 한 권 쓰는 게 말처럼 쉬운 일은 아니다. 책을 쓴다고 하면 아마도 이런 식으로 생각하는 사람들이 더 많을 것이다.

"내가 책을 쓴다고?"
"지금 장난하는 건가?"
"도대체 어디서 출판해준다는 말이지?"

예전에는 책을 쓰는 작가들의 직업군이 무척 한정적이었다. 전업 작가 혹은 특정 인물들만 책을 쓰는 것으로 인식되어 있었고, 내 이름으로 된 저서 한 권만 내면 세상에 이름을 알리는 사람으로 취급 받던 시대도 있었다. 전문직에 종사하는 사람들, 이를테면 판·검사, 변호사, 의사와 같은 사람들이나 다양한 방면에서 독보적인 전문성을 가진 사람들에게 책은 전문성을 한층 더 끌어올릴 수 있는 좋은 기회였겠지만 평범한 일반인들에게 책은 감히 넘을 수 없는 신성한 영역처럼 느껴졌다.

그러다 스마트폰 시대가 시작되고 SNS가 생활이 된 이후에 재능과 끼를 겸비한 수많은 사람들이 수면 위로 떠오르기 시작했다. 일반인임에도 불구하고 팔로워가 적게는 수만 명에서 많게는 수십만, 수백만 명까지 이르는 SNS 스타들은 책을 써서 출간하기 시작했고 추가적인 브랜딩이 가능해졌다. SNS 시장에서는 누구나 자신의 브랜드를 구축할 수 있게 되었다. 다양한 홍보 루트를 통해 자신을 알릴 수 있는 기회가 많아졌고 책을 쓰는 사람들도 더 많아졌다. 작가보다 더 작가 같은 일반인들의 필력은 때때로 심장을 파고드는 깊이를 갖고 있는 경우도 있었다.

책 쓰기는 더 이상 뛰어난 사람들만의 고유 영역이 아니다. 베스트셀러 목록을 보면 다양한 계층과 직업군에 속한 사람들이 베스트셀러 작가 리스트에 오르기도 한다.

이제는 누구나 책을 써서 출간할 수 있는 시대가 되었다. 무엇보다 책은 기타 언론매체보다 필요한 정보를 더 정확하고 폭넓게 전달한다는 특수성을 갖고 있다. 할애된 지면을 활용해서 다양한 예시와 정보들을 담아내는 특징이 있기 때문에 작가로 하여금 전문성을 가진 사람으로서 브랜딩하기에 좋은 도구가 될 뿐만 아니라 작가 스스로 상당한 지적 성장을 꾀할 수 있도록 도움을 준다.

나도 그랬다. 첫 책을 쓰는 동안 글을 쓰는 실력이 엄청나게 성장했다. 잘 쓴 책과 그렇지 않은 책을 구별할 수 있는 눈도 생겼다. 나는 그냥 책 한 권을 쓴 것 밖에 없는데, 근무하던 교육기관에서도 놀라움을 금치 못했고, 학부모들 사이에서 확실한 인지도를 구축했다. 그 기세로 연달아 두 번째, 세 번째 책을 써서 출간했다. 책을 써서 출간한 것만으로도 삶의 많은 부분이 바뀌었다. 그리고 이것은 나에게만 주어진 기회가 아니었다.

어떤 사람은 수년간 외출을 하지 않다가 몇 년 만에 세상에 나온 경험을 토대로 『어쩌다 히키코모리, 얼떨결에 10년』이라는 제목의 책을 출간해서 베스트셀러 작가가 되기도 했고, 아이들을 키우며 느낀 소소한 즐거움들을 기록한 『지랄발랄 하은맘의 닥치고 군대 육아』라는 제목의 책을 출간해서 베스트셀러 작가의 반열에 오른 직장인도 있다. 심지어 출판사에서 거절한 원고를 출간하기 위해 본인이 직접 출판사를 세워서 출간한 뒤, 입소문과 발품만으로 150만 부가 넘는 초대형 베스트셀러로 만든 사람도 있다.

그는 순식간에 무명작가에서 초대형 베스트셀러 작가로 발돋움했다. 게다가 자신의 출판사이므로 인세도 대부분 본인이 가져간다. 출판사에 원고를 넘겨서 출간할 경우 인세는 약 10% 전후지만 직접 출판사를 설립해서 출간했기 때문에 더 많은 인세를 받는 건 당연한 일이다. 그렇다면 이렇게 책을 써서 출간한 작가는 인세를 얼마나 가져갈까? 15,000원 기준으로 대략적인 인세를 잡아보자.

150만 부 * 인세 소득(10%) = 22억 5,000만 원

150만 부 * 인세 소득(50%) = 112억 5,000만 원

정확한 수치는 아니다. 더 많을 수도, 더 적을 수도 있다. 한 가지 확실한 것은 기타 제반 경비를 감안하더라도 컴퓨터 한 대 갖다 놓고 틈틈이 쓴 원고로 순식간에 백만장자가 될 수 있다는 점을 생각해봤을 때, 확실히 작가라는 것은 남는 게 많은 장사 아닌가?

이처럼 책 쓰기는 누구나 도전해볼 수 있는 세계다. 일단 출간되는 순간 작가가 된다. 지금보다 더 많은 지금과는 다른 수많은 기회가 열린다. 작가만이 얻을 수 있는 기회다.

책 쓰기는 인간이 창조할 수 있는 가장 고상한 영역 중에 하나다. 이일엔 상당한 인내와 끈기를 필요로 한다. 그래서 그런 끈기나 인내가 없어서 책 쓰기를 하지 못하는 사람이 많다.

책 쓰기에는 비법이나 왕도 같은 건 없다. 작가가 될 수 있는 가장 빠른 길 같은 건 세상에 없다. 무엇보다 책을 쓸 때는 작가로서 갖추어야 할 마음가짐이 있다. 그 마음가짐이 없기 때문에 작가가 되지 못하는 것이다. 많은 사람들은 『삼국지』 혹은 『레미제라블』에 버금가는 이야기를 가슴속 깊이 품고 있다. 다만 밖으로 꺼내놓지 않았을 뿐이다.

어떤 미래가 준비되어 있는가?

언젠가 아는 동생에게서 전화가 왔다. 함께 공연을 다니며 노래하고 춤추던 친한 동생이었다. 작은 사업을 하면서 음악가, 강연가의 삶을 살고 있는 그는 내가 첫 책을 출간했다는 이야기를 듣고 자신도 책을 한 번 써보고 싶다는 이야기를 했다.

"아무리 좋은 강연을 준비하고 좋은 노래를 불러도 책을 한 권 쓰는 것과 비교할 수 없더라고요. 책을 쓴다는 것 자체가 자신의 이름을 세상에 남기는 거니까요."

두 번째 책이 계약되면서 책 쓰기에 대한 강의를 시작했다. 처음에는 3명이 왔다. 그러더니 금방 5명이 되고 7명, 10명, 15명으로 늘었다. 모두 자신의 이름으로 된 책을 출간하고 싶다는 꿈을 가진 사람들이었다. 그들에게 나는 똑같은 이야기를 해주었다.

"당신도 책을 쓸 수 있습니다!"
"당신도 작가라는 사실을 믿으십시오!"
"꾸준히 쓰세요! 어느 순간 작가가 되어 있을 것입니다!"

서점에 출간된 책들 중에는 대단한 사람들의 책들도 있지만 평범한 사람들의 이야기도 많다. 훨씬 더 많이 판매되는 베스트셀러가 되기도 한다.

『죽고 싶지만 떡볶이가 먹고 싶어』 백세희
『언어의 품격』 이기주
『나는 나로 살기로 했다』 김수현

특별한 사람들이 그렇지 않은 사람들보다 베스트셀러가 될 우위를 점하는 건 사실이다. 그러나, 누구나 살아있는 마음속 이야기가 베스트셀러가 될 수 있다는 것도 사실이다. 자신의 이름으로 된 책을 쓰는 것은 세상에 발자국을 남기는 일이고 그만큼 가치 있는 일이다. 누구나 마음속에 이야기를 끄집어내서 원고지로 옮기기만 하면 책이 된다. 물론 책 한 권을 완성하는 게 쉬운 일은 아니다. 하지만 일단 펜을 들고 첫 문장부터 쓰기 시작하면 무엇이든 결론은 나오게 되어 있다.

가장 위험한 리스크는 아무것도 하지 않는 것이다.

삼성생명 은퇴연구소가 발표한 「은퇴준비지수 2018」에 따르면 우리나라 국민들의 은퇴준비 현황과 의식수준이 54.5점으로 '주의' 수준이었다. 2014년 57.2점, 2016년 55.2점에 이어 지속적으로 하락했다. 고령사회의 진입은 빨라지고 있는데 은퇴 준비에 대한 자신감은 점점 떨어지고 있는 것이다.[1]

사실 경제적 여력만 허락된다면 은퇴 그 자체는 별로 문제가 되지 않는다. 시간과 경제적 여유만 주어질 수 있다면 50대가 아니라 30, 20대에도 은퇴할 수 있다. 준비되지 않은 미래가 두려움으로 가득한 노후, 근심으로 가득한 은퇴를 상상하게 만든다. 당장 한 치 앞도 내다볼 수 없는 게 세상일인데 어떻게 변화할지 모르는 미래를 준비하지 않는다는 것은 여러모로 불행한 일이 아닐 수 없다.

책을 쓰면서 퇴직 이후의 삶에 대한 자료들을 찾아보았다. 많은 전문가들이 연구한 자료들을 볼 수 있었는데 은퇴한 직장인의 첫날 생활 계획표에서 절반 이상이 '등산'이라고 적는다는 내용을 발견할 수 있었다.

"한마디로 재앙이죠. 말 그대로 준비가 없으니까요."

은퇴설계 전문가 조관일 소장의 말이다. [2]

2018년 통계청 연구 자료에 따르면 법적 퇴직 나이는 60세다. 하지만 실질적 퇴직 나이는 평균 49세로 법적 퇴직 나이보다 11년이나 빠르다. 어느 기업에 속해있느냐에 따라 다르겠지만 49세를 전후해서 퇴직하는 직장인이 많다는 말이다. 게다가 온라인 취업포털사이트 「사람인」에 따르면 퇴직에 두려움을 느끼는 직장인이 87.2%나 되었다. 은퇴 이후의 자유로움, 행복함, 여유로움을 만끽하기 위해 등산을 하는 것은 아니라는 말이다.

퇴직 3년 차에 접어든 50대 P 씨는 자신을 「낀 세대」라고 표현했다.

"지금 4060세대가 낀 세대라고 이야기들 하죠. 부모님들도 공양해야 되고 자식들도 키워야 되는데 직장에서는 은퇴했고요. 사실 자식들이야 이제 다 키워놨으니 한시름 덜었죠. 다른 게 걱정되겠습니까?

경제적 불안감이 가장 근본적인 문제죠. 꾸준히 노후를 준비해왔다고 생각하는데, 막상 은퇴를 하고 나니까 퇴직금만 가지곤 부족하다는 걸 많이 느낍니다. 젊을 때는 모은다고 했지만 노년에는 모으는게 안돼요. 매달 쓰고 비우는 것 밖에 없더라고요." [3]

60대에 은퇴를 한 사람이 90세까지 산다고 예를 들어보자. 그에겐 30년이라는 시간이 남아 있다. 갓난아기가 30대 초반의 사회인이 되기까지의 시간이다. 물론 비관적인 미래만 있는 것은 아니다. 은퇴 이후 아름다운 미래를 보낼 만한 사회보장제도들도 갈수록 발전되고 더 많은 기회와 가치들이 우리에게 부여된다.

사실 세상은 의미 있는 일과 가치 있는 기회로 가득하다. 지금은 19세기의 60대 노인과는 비교할 수 없을 정도로 건강하고 풍요로운 삶을 사는 60대가 더 많은 시대다. 누구에게나 기회는 있다. 중요한건 노후에 어떻게 먹고 살 것인가가 아니라, 어떤 미래를 준비하느냐가 더 중요한 가치 덕목 중 하나가 될 것이다.

책을 쓴다는 것은 내 이름 석 자를 세상에 남기는 것으로 끝나는 것이 아니라 나만의 가치를 부여한 결과물을 글로 엮어 세상에 내놓음으로써 다른 사람들에게 깊은 교훈과 귀감을 전해줄 수 있는 도구다. 책이 가진 가치는 다른 어떤 것들보다 파급력이 무척 크다.

대학생이든, 주부든, 직장인이든, 누구든 마음속에 책으로 엮어낼 만한 이야기들을 가지고 있다. 저자가 되면 인생의 여러 부분이 달라진다. 주부에서 강사로, 직장인에서 선생님으로, 아르바이트생에서 작가님으로 바뀔 수 있는 게 책이다. 당신의 새로운 미래를 위해서 바쁜 와중에도 책을 꾸준히 써야 하는 이유가 여기에 있는 것이다.

당신이 책을 써야 하는 이유

모든 조직사회에는 나와 맞지 않는 사람들이 있다. 성격이 맞지 않거나 생각이 달라서 어색하고 서먹서먹한 사람들이 있다. 성격이 삐뚤거나 마음이 좁아서 내가 쉴 만한 마음의 그늘이 없는 사람들도 있다. 직급은 모두 다르다. 과장, 부장, 임원인 경우도 있다. 신입사원인데도 불구하고 눈치가 없어서 회사 입장에서 많은 피해를 보는 경우도 있다. 그들은 모두 일을 하면서 인생을 산다.

어느 회사에나 불편한 사람이 있다. 몇 가지 이유로 불편한 게 아닐까 생각해본 적이 있다.

· 성격이 맞지 않는다.

· 기본적으로 조직의 분위기가 좋지 않다.

· 나와 그 사람, 둘 중에 하나는 생각을 안하고 산다.

나는 직장생활을 오래 하지 못했다. 인내와 끈기가 부족한 것도 한몫했다. 그러나 무엇보다 오래 할 자신이 없었다. 살면서 다양한 경험과 기회를 만났음에도 불구하고 직장에 나를 맞춰간다는 것은 생각처럼 쉽지 않았다. 가족 같은 회사, 내 연약함을 보듬어주고 최대 가동 범위의 능력을 발휘할 수 있도록 길을 제시해주는 회사, 여러 방면에서 배려해주는 회사를 찾는 건 불가능에 가까웠다. 출퇴근 시간, 복장, 헤어스타일, 의견의 발언권까지 모든 것을 내가 회사에 맞춰야 한다. 나는 그게 자신이 없었다.

직장인 중에서 책 쓰기를 배우고 싶어 하는 사람들이 많다. 직장에서는 나를 돌아볼 수 있는 기회가 없을뿐더러 월급 이상의 비전을 발견하기가 어렵기 때문이다. 책을 쓰고 싶어 하는 사람이라면 누구에게든지 해당되는 사항이겠지만 무엇보다 직장인이라면 책 쓰기는 다음 5가지의 장점이 있다.

책 쓰기는 자기계발이다

자기계발을 위한 어떤 노력이든 칭찬받아 마땅하다. 어학원에서 영어를 배우는 것, 회사에서 필요한 자격증을 준비하는 것, 어떤 것이든 좋다. 배울 마음을 갖고 있다는 것이기 때문이다. 회사 입장에서는 끊임없이 자신의 부족함을 발견하고 채우려는 노력을 하는 사람에게서 신뢰감을 느끼기 마련이다. 그리고 그런 신뢰를 얻기 위한 도구 중에서 가장 높은 꼭대기에 있는 것이 책 쓰기다.

책 쓰기는 누구에게나 열려있는 기회다. 책 쓰기 자체가 자기계발이다. 1,000권의 책을 읽는 것보다 1권의 책을 쓰는 게 더 낫다. 1,000권의 책을 읽으면서 지혜를 채워가고 더불어 자신의 부족함을 느끼는 것도 좋다. 그러나 한 권의 책을 쓰기 위해서는 1,000권의 책을 읽으면서 느끼는 나의 부족함보다 더 큰 한계를 만나기 마련이다. 1권의 책을 쓰면서 느끼는 육체적, 정신적 한계는 여러 부분에서 값진 일이다.

책 쓰기는 생각훈련이다

책 쓰기는 깊게 생각할 수 있는 좋은 훈련의 기회가 된다. 한 권의 책을 쓰기 위해서 투자되는 시간과 읽어야 하는 정보의 평균적인 양이 있다. 사람마다 다르겠지만 나는 평균 50권의 책을 두루 접하면서 한 권의 책을 쓸 수 있는 정보와 예시를 찾고 생각하게 된다. 물론 50권이 정답은 아니다. 세계적인 지의 거장 다치바나 다카시는 한 권의 책을 쓰기 위해 500권의 책을 읽는다고 이야기한 바 있다. 얼마나 많은 지식과 정보를 접하겠으며 얼마나 깊이 자신의 부족함을 깨닫겠는가? 다른 차원의 지혜와 생각의 깊이가 책을 쓰면서 만들어진다.

책 쓰기로 다양한 인맥이 구성된다

나의 직장생활을 할 때 인맥이라곤 한정되어 있었다. 고작해야 직장 상사, 후배 사원이 전부였고 동호회에서 만난 사람들이 전부였다. 그런데 첫 책을 출간하고 난 뒤, 평소에 잘 만날 수 없는 부류의 사람들을 많이 만났다. 몇 권의 책을 출간한 작가는 흔히 볼 수 있었다. 기업의 임원, 대표, 수십만 명의 팔로워를 거느린 소셜 스타들은 모두 책을 쓰고 싶어 했다. 평범한 직장인의 연봉을 한 달 소득으로 벌어들이는 그들과의 교류를 통해 평소에 잘 몰랐던 다양한 방면에서의 성취감을 맛보는 기회가 되었다. 그들을 통해 얻는 노하우와 삶 속의 지혜들은 모두 삶에 바로 적용할 수 있다는 이점이 있었다.

책 쓰기로 추가 소득이 생긴다

누구에게나 100만 원은 아쉬운 돈이다. 없어도 그만인 그 정도의 돈이지만 적은 돈도 아니다. 특히 첫 책을 출간하는 신인 작가에게는 무척 의미 있는 돈이기도 하다.

첫 책을 출간하고 난 뒤 받은 인세는 100만 원 남짓했다. 인세만 보고 전업 작가로 뛰어드는 건 불가능했다. 하지만 부수적인 기회들이 널려 있었다. 강사, 컨설턴트, 교사 등등 다양한 방면에서 추가소득을 올릴 만한 기회가 많았다. 책을 쓰고 난 뒤에 일어난 일들이었다. 학교와 학원에 강의 신청을 하면서 인성교육 강의를 할 기회가 생겼고, 두 번째 책을 출간하고 난 뒤 책 쓰기 컨설팅도 시작했다. 이후에 네 번째 저서까지 계약되면서 책 쓰기 컨설팅에도 불이 붙었다. 그 모든 것들이 책을 쓰기 시작하면서 시작된 일들이었다. 직장에만 있었더라면 발견하지 못했을 많은 기회들이 책 쓰기 안에 다 들어 있었다.

책 쓰기로 세상에 나를 알렸다

책 쓰기 특강을 시작하기 전 세미나를 할 만한 장소를 알아보러 다녔다. 세미나실 사용 용도가 어떻게 되느냐는 말에 "직장인 책 쓰기 일일 특강입니다"라고 이야기했더니 대부분 놀라는 반응을 보였다. '책 쓰기 특강? 책 쓰기에 관련된 세미나를 한다고?' 하는 반응이었다. 수도권 지역에서는 책 쓰기에 관련된 세미나가 제법 활성화되어 있지만 지방권 도시에서는 그렇지 않았다.

관련 분야에서 독보적인 입지를 굳힌 직장인이라면 책 쓰기는 분명 좋은 대안이 될 수 있다. 나는 교육사업을 시작하면서 책 쓰기에 더 깊은 관심을 가지게 되었는데, 교육업의 특성상 생각하는 사람이 라는 이미지를 각인시켜야 하는 의무감을 느꼈다.

블로그, 유튜브와 같은 소셜 네트워크를 사용하는 것도 좋지만 무 엇보다 책이 가진 확실성을 무시할 순 없었다. 그래서 첫 책『교육의 힘』을 출간했고 그 이후의 결과는 지금과 같다. 더 큰 성장도 충분히 이루어낼 수 있다.

첫 책을 출간했을 때 나는 학습지 교육기관에서 근무하고 있었다. 아이들에게 작은 문제라도 생기면 바로 학부모에게서 항의 전화가 들어오는 그런 곳이었다. 아무리 마음을 들여서 가르쳐도 아이들이 다 같진 않았다. 성적이 떨어지거나 선생님에게서 야단이라도 맞은 날에는 학원을 그만둔다고 난리였다. 그런데 책을 출간하고 난 이후 에 많은 것이 달라졌다. 첫 책의 제목은『교육의 힘』이었다. 10대 학 생들을 대상으로 쓴 책이었지만 부모님들이 읽기에 더 적합한 책이 었다. 수준을 그 정도로 맞춰놓았기 때문이다. 국제 대안고, 어학원, 학습지 기관 등 다양한 교육기관을 거치면서 느낀 점, 학부모님들을 상담하면서 느낀 점, 그때 배웠던 좋은 경험들, 정보와 견해들을 책 에 자세하게 기록했다. 마음이 통해서였을까, 전문가로서의 브랜딩 이 되었던 걸까. 학부모님들의 불만 전화는 한 번도 들어오지 않았다. 심지어 매번 무표정으로 교사들을 대하던 어머님 한 분은 자녀 교육에 관한 모든 권한을 나에게 넘기기까지 했다.

　직장인이라면 관련 분야의 자격증은 전문성을 보여주는 데 큰 도움이 된다. 자격증이 많으면 많을수록 전문가로서의 인정을 받는다. 많은 노력을 통한 날카로운 전문지식, 보통 사람의 식견을 뛰어넘는 기술과 능력이 자격증에 모두 포함되어 있다. 자신의 인생에 충실한 사람만이 얻을 수 있는 훈장과도 같다. 그러나 책을 쓰면 관련 분야에 대한 전문가일 뿐만 아니라 신뢰할 수 있는 사람이라는 인정을 함께 받는다. 이처럼 직장인에게 책 쓰기란 선택이 아니라 필수인 셈이다.

이제, 당신의 이야기를 시작할 차례

첫 책을 출간하고 난 뒤, 많은 분들의 축하를 받았다. 책 쓰기 강의를 부탁하는 분도 계셨고, "사람이 다시 보이는구먼" 하고 말씀하신 분도 계셨다. 그중에는 평소에 존경하던 은사님도 계셨다. 무척 기뻐해 주셨다.

"자네 어떻게 책을 다 쓸 생각을 했나? 정말 대단하네. 책을 너무 잘 썼더군. 한 권으로 끝내지 말고 꾸준히 써봐."

첫 책이었다. 퇴고는 무척 엉성했고 읽으면 읽을수록 부실한 게 많이 보였다. 꿈이 이루어졌다는 사실에 무척 기뻤지만 그리 잘 쓴 글은 아니었다. 글 쓰는 게 너무 힘들어서 몇 번이고 포기하려다가 마음을 다잡고 겨우 완성한 책이었다.

책을 쓰는 것은 누구에게나 버겁고 힘든 일이다. "저는 자기소개서 3줄도 잘 못 쓰겠는데 어떻게 책을 쓰셨나요?" 하고 묻는 사람도 있었다. 그만큼 많은 노력과 시간 그리고 용기가 필요한 일이다.

언젠가 알게 된 분이 있다. 내가 책을 썼다고 하니 자신의 인생 이야기를 들려주었다.

"어떤 여자가 15살에 고아가 되었어요. 그 나이에 고아가 되면 뭘 하겠어요? 힘들게 살았죠. 동네 아저씨가 불쌍하다고 밥도 갖다주고, 김치도 해서 주고... 그러다 보니까 정이 들었나 봐요. 아저씨랑 살림을 차렸지요. 그런데 아저씨한테서 태어난 아들이 4명 있었는데 모두 죽어버린 거예요. 결국, 아저씨랑 헤어지고 다른 남자를 또 만났어요. 거기서 딸이 하나 태어났는데 몇 번 죽을 고비를 넘겼다고 하더라고요. 그 사이 남편이 또 죽고 혼자서 딸을 키웠다고 해요. 그렇게 험난한 인생이 있을까 싶은데 그렇게 평생을 사는 사람도 있더라고요. 사실, 우리 엄마 이야기에요. 저는 우리 엄마 이야기를 한 번 책으로 써보고 싶어요. 엄마를 볼 때마다 늘 그런 생각을 했어요.

'내 인생도 참 기구한데 엄마의 인생은 왜 저렇게 기구한 걸까?' 하고
요."

학습지 기관에서 근무할 때 일이다. 유독 나를 잘 따르는 중학교
남학생이 있었다. 키가 크고 유순한 학생이었지만 무척 산만했다.
하루가 멀다 하고 난리를 피우는 통에 매일 잔소리를 들었다. 그런
데 하루는 그 학생이 내게 자신의 과거 이야기를 들려주었다.

"7살 때 폐렴이 걸렸어요. 초등학교 1학년 때는 2도 화상을 입어서
오른쪽 다리 한쪽의 살을 거의 다 도려냈고요. 그리고 초등학교 1학
년 말에는 왼쪽 팔에 원인을 알 수 없는 마비가 와서 팔을 잘라낼 뻔
했대요. 9살 때는 암이랑 뇌졸중이 와서 항암치료를 받았고요. 그때
머리가 다 빠진 채로 찍은 사진도 있어요. 그때 머리를 뚫어서 뇌종
양 제거 수술을 받았고, 12살 때는 평발 교정 수술을 받았어요."

이야기를 마친 그는 내게 이야기했다.

"한 번씩 그런 생각을 해요. '왜 내 인생은 다른 친구들처럼 순탄하지
못할까?' 하고요. '나도 다른 사람들처럼 평범해지고 싶은데, 왜 나는
평범하게 살지 못할까?' 하는 생각이 들면 마음이 좀 싱숭생숭해요."

책을 써 내려갈 때마다 문득문득 떠오르는 생각들이 있다. '오늘 내 곁을 스쳐 지나간 사람들도 모두 소설 몇 권 정도는 거뜬히 써 내려갈 만한 이야깃거리를 가슴속에 품고 있을 것이다'라고. 그 이야기를 가슴 밖으로 꺼내는 과정이 중요한데 꺼내놓지 못한다. 이유도 다양하다.

· **실패가 두렵다.**
· **방법을 모르겠다.**
· **책에 별로 관심이 없다.**
· **책을 읽고, 쓸 시간이 없다.**

책으로 쓸 만한 필력 그리고 한 권의 책으로 쓸 만한 경험이 부족할 수는 있다. 그러나 누구나 가슴속에 이야기를 갖고 있다. 그 이야기를 종이 위에 펼쳐낼 수 있는 사람, 거침없이 써 내려갈 수 있는 용기를 가진 사람만이 작가가 된다. 그러니 작가는 아무나 되지 않고 아무나 하는 게 아니다. 가슴속의 이야기를 글로 풀어낼 수 있는 사람만이 가질 수 있는 기회가 바로 작가의 길이다. 능력 있는 사람만이 책을 쓰는 건 아니다. 마음이 따뜻한 사람, 분명한 확신의 말을 전할 수 있는 사람이라면 충분히 도전할 수 있는 세계다. 지식을 전하는 것이든, 마음의 지혜를 전하는 것이든, 책 쓰기는 용기를 필요로 하는 일이다.

담대하게 도전할 수 있는 자신감이 없다면 책 쓰기는 어렵다. 펜을 쥐고 한 글자 한 글자 꾹꾹 눌러쓸 수 있는 용기, 자신 있게 내 이야기를 전달할 수 있는 용기, 거기에서 비롯된 마음의 힘을 통해서 쉼을 누릴 수 있는 사람들이 많이 있다는 사실을 잊지 말자.

Chapter 2

어떻게 쓰고
어떻게 출판할 것인가?

01 기획 단계

먼저, 책을 쓰기에 앞서

책은 작가가 즈려밟고 간 흔적들을 모은 상자와도 같다. 작가가 걸어간 발자취, 그림자의 흔적들이다. 인생의 단계마다 떨쳐낸 발의 티끌이자 허물과 같다. 그리고 수많은 피와 땀이 묻어 있다. 그래서 모든 책에는 길이 있다고 이야기하는 게 아닐까. 사람은 책을 만들고, 책은 사람을 만든다는 말이 괜히 나온 게 아니다.

그러나 요즘은 책이 필요 이상으로 많이 출판되는 세상이다. 따라서 모든 책은 가치가 있다고 말할 순 없다. 그래서 좋은 책도 존재하고, 나쁜 책도 존재한다.

내가 생각하는 좋은 책을 쓰기 위한 3가지 마음가짐이 있다. 하나하나 세밀하게 마음에 담을 수 있도록 노력하면 지금보다 좋은 책을 쓸 수 있게 될 것이다.

첫째, 책 앞에 겸손하라

겸손은 아름다움의 요새라는 말이 있다. 세상은 능력 있고 똑똑한 사람만이 성공하는 곳은 아니다. 겸손하지 않으면 그 성공의 시기가 오래갈 수 없다. 책은 더할 나위 없이 겸손의 미덕을 중요하게 여기는 상품이다. 겸손하지 않은 사람이 쓴 책에서는 겸손하지 않은 느낌도 든다. 내 책을 통해 많은 사람들이 마음에 변화를 받을 수 있도록 주의 깊게 써야 할 필요가 있다.

"이 단편들은 나의 생명이다. 잘났든 못났든 다 나의 정신의 아들들이다."

1924년 1월 8일 자 동아일보에 실린 문구다. 한국 현대문학의 아버지라고 불리는 이광수의 「춘원단편소설집」 재판 발행 광고에서 자신의 책에 대해 한 말이다. 그의 말처럼 책은 자식과 같다. 나는 한 권의 책을 쓸 때마다 자식을 다룬다는 마음으로 깊게 퇴고한다. 열 달을 채우고 태어난 아이, 말로 형언할 수 없는 산모의 고통 속에 태어나지만 그 고통을 이길 수 있는 소망을 함께 갖고 태어난다. 그렇듯 열 달을 채워서 탄생하는 생명은 세상의 기쁨이 되지만 7개월이나 8개월이 채 되지 않은 시점에서 탄생하는 생명은 많은 사람을 근심 속에 빠트린다. 위험한 상황에 처하기도 한다. 책도 마찬가지다. 인쇄되어 책으로 나오기 전까지 책은 책이 아니다. 끊임없는 퇴고의 과정을 거쳐서 완벽에 완벽을 기해야 한다. 작가는 겸손한 부모의 마음으로 글을 써야 한다. 그런 자세로 글을 쓸 수 있어야 한다.

첫 책을 빨리 출간하고 싶은 기대감은 내게도 있었다. 첫 출간의 기쁨은 무척 컸다. 그러나 맛있는 글, 담백한 글이 무엇인지 몰랐다. 책을 쓰면서 많은 책을 읽었다. 참 맛있는 글이다, 참 아름다운 문장이다, 하는 느낌을 주는 책들이 있었다.

닭이 울자 무서운 호출을 받은 죄인처럼 놀라더군. 닭은 새벽을 알리는 나팔수, 그 높고 날카로운 목소리는 태양신을 깨운다는 말을 들었네. 그 울음소리에 바다를, 불 속을, 땅을 그리고 공중에서 부질없이 배회하던 망령들이 황급히 거처로 숨어버린다더니. 눈 앞에서 바로 그 증거를 보았네!

—『햄릿』 윌리엄 셰익스피어

셰익스피어의 글은 너무 아름다웠다. 그의 글에서 담백하고 아름다운 맛이 느껴졌다. 책을 쓰려면 이렇게 써야지 마음 먹었지만 막상 내가 쓰려니 어떻게 써야 할지 몰랐다. 그냥 뭐 깔끔하게 쓰면 되는 거 아닌가 했다. 첫 책이라 모든 것이 낯설었고 익숙하지 못했다. 반면에 조급했다. 빨리 출간해서 작가 소리를 듣고 싶었다. 출판사와 계약한 마감 기일이 있었기에 서둘러 써서 기한을 맞췄다.

첫 책이 출간되고 난 뒤에는 굶어도 배가 불렀다. 그러나 영구성을 가진 책의 특성상 더 많은 퇴고를 거치지 못한 것이 지금도 후회가 된다. 책 앞에서는 겸손하자. 그 겸손이 당신으로 하여금 좋은 책을 쓸 수 있도록 발걸음을 인도할 것이다.

둘째, 독자들에게 도움이 될 책을 써라

좋은 책은 사람의 마음을 변화시킨다. 그러나 쓴 사람이 변화하지 않은 경우도 있다. 삶은 전혀 변화를 꿈꾸지 않는데 책에서는 변화를 이야기하는 경우가 많다. 내가 변화되지 않는 이상 변화를 이야기하는 책은 빛 좋은 개살구에 불과하다. 흔히 이야기하는 자기 계발서의 빛과 어둠이다.

어떤 책을 쓰던지 결과적으로는 나와 관계있는 일이다. 내 가치관과 주관, 생각, 마음에 담긴 것이 책으로 시각화되어 전달된다. 나는 누군가에게 도움이 될 만한 가치를 마음에 품고 있는가를 먼저 따져 봐야 할 것이다.

셋째, 자신의 글에 만족하지 마라

"더 깎지 않아도 좋으니 그만 주십시오." 라고 했더니, 화를 버럭 내며, "끓을 만큼 끓어야 밥이 되지, 생쌀이 재촉한다고 밥이 되나." 한다. 나도 기가 막혀서 "살 사람이 좋다는데 무얼 더 깎는다는 말이오? 노인장, 외고집이시구먼. 차시간이 없다니까요."

노인은 퉁명스럽게, "다른 데 가서 사우. 난 안 팔겠소." 하고 내뱉는다. 지금까지 기다리고 있다가 그냥 갈 수도 없고, 차 시간은 어차피 틀린 것 같고 해서 될 대로 되라고 체념할 수밖에 없었다.

(중략)

집에 와서 방망이를 내놨더니 아내는 이쁘게 깎았다고 야단이다. 집에 있는 것보다 참 좋다는 것이다. 그러나 나는 전의 것이나 별로 다른 것 같지가 않았다. 그런데 아내의 설명을 들어 보니, 배가 너무 부르면 옷감을 다듬다가 치기를 잘 하고 같은 무게라도 힘이 들며, 배가 너무 안 부르면 다듬잇살이 펴지지 않고 손에 헤먹기 쉽단다. 요렇게 꼭 알맞은 것은 좀체로 만나기가 어렵다는 것이다. 나는 비로소 마음이 확 풀렸다. 그리고 그 노인에 대한 내 태도를 뉘우쳤다. 참으로 미안했다.

―『방망이 깎던 노인』, 윤오영

만족은 어떤 중요한 일이라도 중요하게 생각하지 않고 쉽게 생각하는 사람들에게만 적당한 단어다. 위대한 사람은 마음에 만족이 채워지는 것을 두려워한다. 그 이상의 발전이 없기 때문이다. 인간의 한계를 넘는 도전과 노력으로 만족 이상의 완벽을 추구하는 사람들은 모두 그에 걸맞은 결과를 만들어내기 마련이다.

책을 쓰는 것에 있어서 쉽게 만족하는 것은 말쑥한 슈트 안에 다림질하지 않은 셔츠를 입고 있는 것처럼 어색하고 부끄러워해야 할 일이다. 한계는 있다. 책을 쓰다 보면 더 이상 좋을 글을 쓸 수 없겠다는 순간이 온다. 지독한 피로, 심적 고단함, 관자놀이가 아플 정도로 글을 썼을 때 느껴지는 한계가 있다. 그러나 그때쯤 되면 책이라고 해도 부끄럽지 않을 정도의 글이 만들어졌을 것이다.

그렇게 부끄럽지 않을 글이 나왔을 때, 그래서 책으로 엮어낼 만큼 괜찮다고 여겨질 때, 책이 만들어질 것이다.

책 쓰기 컨설팅의 허와 실

책은 개인의 지적 능력을 가장 확장시킬 수 있는 도구다. 인쇄되는 순간 더 이상의 수정이 불가능한 영구성의 특징을 갖고 있기 때문에 가장 높은 수준의 신뢰를 쌓을 수 있는 상품이기도 하다. 한 권의 책을 쓰는 건 어려운 일이다. 그래서 많은 돈을 내고서라도 책 쓰기를 배우고 싶어 하는 사람들이 많다.

"1,350만 원을 내라고 하더라고요. 어떤 책을 쓰고 싶냐, 몇 주 만에 쓰고 싶냐, 그런 질문도 합디다."

책 쓰기 컨설팅을 진행하는 국내 한 기관에서 상담을 받고 온 지인에게서 들은 이야기였다. 그는 이후 다른 책 쓰기 기관에서 책 쓰기 과정을 들었다고 이야기했다. 과정을 마치고 책을 쓰는데 든 비용은 490만 원이었다. 젊은 시절 무척 탁월한 삶을 살아온 경험이 있었기에 이후 연달아 3권의 책을 더 출간했다. 이후 그도 역시 책 쓰기 강의와 컨설팅을 하는 강사가 되어 있다.

얼마나 많은 책 쓰기 컨설팅 기관이 국내에 있는지 나는 잘 모른다. 다만 몇 권의 책을 쓰기 시작하면서 그런 기관들의 정보를 접할 기회가 있었다. 그리고 몇몇 기관의 수강료도 확인할 수 있었다.

○○기관 수강료 : 1,350만 원

○○기관 수강료 : 800만 원

○○기관 수강료 : 490만 원

책은 아직까지도 대부분의 사람들에게 신성한 영역으로 느껴지는 세계다. 서점에서만 느낄 수 있는 품격과 가치가 있다. 그래서 사람들은 책을 쓰고 싶어 한다. 책이 출간된 이후에 맺어지는 결실은 확실히 1,000만 원 이상의 가치가 있다. 그리고 그 믿음 때문에 당장의 경제적 부담을 뛰어넘고 책 쓰기 과정을 수강하는 사람들이 있다.

게다가 책 쓰기 기관을 운영하는 사람들은 대부분 오랫동안 글을 써온 사람이거나 다양한 종류의 책을 출간한 작가인 경우가 대부분이다. 많은 출판사 관계자를 알고 있을 뿐만 아니라 베스트셀러를 만드는 다양한 마케팅 노하우도 알고 있다. 확실히 탁월한 무엇인가가 그들에게는 존재한다.

그럼 이 금액이 산정된 기준은 무엇일까?
책을 쓰기 위해서 필요한 것들이 있다.

· 펜과 종이

이게 끝이다.
대부분의 사람들은 책 쓰기 과정이라고 하면 뭔가 대단히 특별한 게 있을 거라고 생각하지만 사실 그렇지 않다. 굳이 더 추가하자면 아래와 같은 것들도 필요하다.

· 생각과 끈기

이것들 외엔 책을 쓰는 데 필요한 건 없다. 돈을 들여서 책을 쓸 수 있는 게 아니라 그 돈을 투자했기 때문에 이제는 뭔가 책을 한 권 쓸 수 있을 것이라는 '믿음'이 책을 쓰게 만든 것일 뿐이다.

책은 많은 생각을 해야 쓸 수 있는 것이다. 평소에 생각하지 않는 사람이 돈을 투자한다고 해서 갑자기 탁월한 생각을 하는 건 아니다. 책 쓰기 기관은 그런 생각을 할 수 있도록 방향을 잡아줄 뿐이다. 그런데 문제는 수강료가 아니다. 정작 문제는 다른 곳에 있다. 문제는 표절이다. 수년 전 국내 최대 규모의 책 쓰기 컨설팅 기관의 대표가 표절 시비에 휘말려 논란이 된 적이 있었다. 200권 이상의 책을 집필한 그는 스스로 '천재 작가'라고 이야기하며 수백 명에 달하는 작가를 배출해내기도 했다. 하지만 그의 책에는 표절된 내용이 많았다.

표절 시비는 무척 민감하고 곤란한 상황을 만들 수 있는 사안이다. 작가의 내면에서 창조된 세계가 아니라 고작해야 커닝에 불과하기 때문에 조심해야 한다. 책을 쓰다보서 의도하지 않은 표절 시비가 발생할 수도 있다. 법적인 문제로 불거질 수 있다. 무엇보다 내면에 창조된 세계가 없는 사람이 책을 쓴다면 표절 시비에 휘말릴 가능성이 많다.

탁월한 글은 날카로운 칼과 같다. 탁월한 글이 모여야 탁월한 책이 만들어진다. 작가는 칼을 갈듯이 책을 써야 하는 사람이다. 그렇게 쓰지 않으면 책으로 불리기 어렵다.

책 쓰기 컨설팅은 좋다. 무엇이든지 배우려는 자세는 어디에서든지 환영받을 수 있는 좋은 습관이며 자세다. 비약적 풍요로움은 결국 배움에서 온다. 그전에 작가가 갖추어야 할 자세는 무엇인지에 대해 깊이 생각해볼 필요가 있다.

글쓰기에는 정답이 없다

첫 책을 쓰기로 결단한 사람이라면 어떤 내용으로 글을 써야 할지 많은 고민이 될 것이다. 너무 어렵게 생각할 필요는 없다. 단순하게 생각해서 자신의 삶의 이야기나 직업을 토대로 글을 쓰면 가장 정확하고 분명한 글을 쓸 수 있다.

일단 출간되면 수백만 부가 팔려나가는 베스트셀러 작가가 되지 않는 이상 책을 출간한 대부분의 사람들이 자신의 직업을 가지고 있다. 그리고 자신의 직업에 오랫동안 종사한 사람일수록 다른 사람들보다 더 많은 전문성을 가지고 있기 마련이다. 그런 전문성을 토대로 책을 쓸 수 있다면 전문성이 없는 사람들보다 훨씬 더 쉽고 재미

있게 그리고 유익한 내용을 담은 책을 쓸 수 있다.

예를 들어보자. 서울대학교 재료공학부 황농문 교수는 일반인이 쉽게 접근하기 어려운 직업을 갖고 있다. 재료공학부라고 하면 공과 대학 아닌가. 복잡한 수학과 과학에 관련된 학문을 연구하는 사람이 다 보니 일반인이 접근하기 어렵다. 그래서 그가 서울대학교 교수진 들과 공동저자로 출간한 책들 중에는 일반인이 쉽게 접근하기 어려운 책들도 있다. 대학에서의 강의와 정보 전달을 위해 출간된 자료라는 느낌이 강하다.

『**공학문제 해결입문**』 황농문 공저, 시그마프레스
『**창의 혁명**』 황농문 공저, 코리아닷컴

하지만 황농문 교수가 개인적으로 출간한 책은 모두 과학이나 수학, 물리학과는 전혀 상관없는 분야의 책 들이었고 일반인들이 훨씬 가볍게 다가갈 수 있는 분야의 책들이다. 그리고 무척이나 쉽고 자세하게 쓰인 책이라서 가볍게 읽으면서도 많은 도움을 받을 수 있는 내용들로 가득하다.

『**몰입**』 황농문, 알에이치코리아
『**몰입, 두 번째 이야기**』 황농문, 랜덤하우스

『**공부하는 힘**』황농문, 위즈덤하우스

『**저절로 몸에 새겨지는 몰입 영어**』황농문, 위즈덤하우스

책이 무척 쉽고 유익하다. 게다가 간결하고 깊이가 있다. 재미있는 예화, 다양한 깨달음을 얻을 수 있는 경험도 기록했다. 황농문 교수는 어떻게 이런 책들을 쓸 수 있었을까?

첫 번째 이유는 황농문 교수가 학창시절 공부를 잘했기 때문이다. 서울대 금속공학과를 졸업하고 KAIST에서 석·박사 학위를 받았다는 점에서 대부분 사람들보다 월등히 앞서나간 삶을 살았다는 점을 알 수 있다. 공학에 관련된 책을 출간하기보다 공부에 대한 나름의 철학을 담아서 책으로 엮었기 때문에 황 교수가 가진 전문성도 함께 빛날 수 있었다.

물론 공부는 순전히 개인적이고 눈에 보이지 않는 세계다. '어떻게 하면 공부를 잘할 수 있을까?' 하는 질문에 대한 답을 글로 풀어쓰기란 무척 어렵다. 무엇이 그로 하여금 국내 최고의 대학을 졸업하게 했고, 모교에서 교수로 재직할 수 있도록 했을까? 그 질문에 대한 해답을 한 글자로 압축시켰다.

몰입!

책은 베스트셀러가 되었고, 그에게 또 다른 성공의 기회를 안겨주었다.

두 번째 이유는 일반인들의 눈높이에 맞춰서 읽을거리를 제공했기 때문이다. 아무리 뛰어난 내용과 글이라도 본인만 이해하는 글이라면 의미가 없다. 다른 사람에게 귀감이 되거나 재미가 있어야 한다. 공학도에 관련된 책이라면 교재만으로 충분하다. 책 제목이 『공부하는 힘』이 아니라 『공학도의 힘』이라거나 몰입이 아니라 『공학』이었다면 나는 구매하지 않았을 것 같다. 읽어봐야 겨우 몇 마디 이해할 수 있는 책이라면 더욱 그렇다.

세 번째는 전문성이다. 서울대학교 교수라는 이름 외에 몰입의 전문가로 더 유명한 황농문 교수는 고도의 몰입을 통해 성공적인 결과를 얻어낼 수 있었던 경험들을 책으로 출간해냈다. 교수라는 직업적 특성 위에 다양한 경험이 추가되어 관련 저서를 출간할 수 있었다.

황농문 교수의 책만 그런 것은 아니다. 세계 최고의 배우이자 연출가였던 스타니슬라프스키는 연극배우에게 있어 바이블과도 같은 『스타니슬라프스키 연기 전집』을 출간했고, 케임브리지 대학 경제학과 교수로 재직 중인 장하준 교수는 『나쁜 사마리아인들』을 출간하면서 세계적인 경제학자로서의 입지를 굳건히 다질 수 있었다. 모두 자신의 전문 분야에 관련된 책을 써서 입지를 굳혔다.

『장하준의 연기수업』이라던가 스타니슬라프스키의 『하루 10분 건강밥상』 같은 책이 출간될 리는 없다. 자신의 직업과 가치관을 바탕으로 한 전문성을 갖춘 글이 우선적으로 쓰여야 한다.

독자들은 어떤 책을 원하는가?

책을 쓰고자 준비하는 사람에게 독서는 매우 중요하다. 반면에 독서를 통해 얻은 많은 기회들을 기록하지 않는다면 곤란하다. 독서를 하면서 느낀 점들을 글로 남기는 습관을 들인 사람은 자신의 필력과 문장 구조를 짜는 기술이 빠른 속도로 성장하는 것을 느낄 수 있을 것이다.

요즘은 다양한 방면에서 글로 기록을 남길 수 있는 매체가 많이 있다. 블로그, 티스토리, 브런치, 네이버 카페 등등 다양하다. 그런 곳에서 꾸준히 글을 써온 사람들은 그렇지 않은 사람보다 훨씬 정보에 민감하고 다양한 분야의 정보를 섭렵하는 것을 본다.

무엇인가를 쓴다는 것은 생각하는 사람이라는 말과 같다. 책을 쓴다는 것은 독자의 관점에서 생각하는 것이다. 독서를 하면서 책을 쓰는 것은 중요하다. 독자를 생각하면서 여러 방향으로 구상할 수 있기 때문이다. 한 권의 책을 쓰기 위해서 필요한 것은 매우 많다. 어떤 장르를 선택해서 글을 쓸 것인지에 따라 주제와 콘셉트, 대략적인 목차, 얼개가 달라진다. 그리고 이 모든 것을 구성한 적합한 내용과 인용 기사도 준비해야 한다. 집중적으로 책을 읽고 분석하지 않으면 책 쓰기는 쉽게 진행되지 않는다.

책을 읽는 독자들은 독서라는 행위 자체만으로도 만족감을 얻지만 기본적으로 다음과 같은 3가지를 얻기 위해 책을 읽는다.

액션, 능동적 선택

흔히 이야기하는 동기부여다. 책을 통해서 능동적인 행동을 만들어내기 위한 의도적 충격을 주기 위함이다. 나와 같은 세상에 살면서 다른 결과를 만들어내는 사람들이 전해주는 마음의 이야기, 다양한 실패와 경험을 통해 만들어진 성공의 결과물들을 배우기 위해서다.

마인드, 발전의 기회

책은 마음을 단련시켜주는 도구다. 다른 어떤 매체보다 책을 통해서 배우는 것이 효과적이다. 수많은 SNS 매체가 등장하고 공부하기에 좋은 앱들이 많이 출시되고 있지만, 책만큼 효과적이고 강력하게 마음을 담금질할 수 있는 도구가 없다. 일상생활에서 쉽게 구할 수 없는 고급 정보, 깊은 연구와 관찰을 바탕으로 한 결과물은 독자로 하여금 사색할 틈을 제공해준다.

힐링, 마음의 휴식

책은 때때로 포근한 위안을 주고 강하게 마음을 채찍질해주기도 한다. 인생을 앞서 나간 사람들이 겪은 위로와 위안을 다양한 예시와 교훈을 통해 전달해준다. 이들의 경험과 노하우를 통해서 지금보다 성장한 나를 만들어낼 수 있다. 톡톡 튀는 아이디어와 재미있는 스토리를 통해 감동을 주는 경우도 있다.

시시콜콜한 내용을 쓰는 것보다 독자의 위치에서 어떤 것을 중점적으로 두어야 하는지에 대해 써야 한다. 시대의 흐름에 따라 이야깃거리가 될 만한 내용을 토대로 글을 쓰는 것도 좋다.

예전에는 제목과 표지가 괜찮으면 덥석 구매하는 습관이 있었다. 책이라는 건 어쨌거나 볼 만한 가치가 있는 것이라는 생각이 있었기 때문이다. 지금은 제목과 표지만 보고 책을 사거나 읽지 않는다.

책은 철저히 독자를 위한 것이므로 쉽고 간결하게 내용을 구성해야 한다. 다양한 예시를 통해 살을 덧붙이는 건 좋은 방법이다. 그렇다고 해서 중심이 무너지면 안 된다. 책은 독자로 하여금 풍부한 감성과 소망을 전해줄 수 있는 세계를 담고 있어야 하기 때문이다.

창조적 글쓰기를 위한 '그분'은 오지 않는다

독자들은 책을 읽으면서 나와 다른 세계 사이의 공통점을 찾고 동질감을 느낀다. 그리고 작가와 내적인 관계를 맺는다. 독서를 통해 변화하며 성장하는 과정 속에는 이런 반복적 루틴이 존재한다. 책 읽기는 이런 루틴을 습관화하기 위한 행위와 같다.

책을 쓰는 사람들은 독자의 관점에서 관심이 생길 만한, 관찰할 만한, 관계를 맺을 만한 내용을 중심으로 글을 써야 한다. 작가의 직업이나 사회적 위치에 따라 분야와 내용은 조금씩 다를 수 있지만, 위에서 제시한 3가지는 창의적인 글을 쓸 수 있도록 하기 위한 최소 필요조건이다. 갖추기 위해서는 작가 스스로 의도적인 노력을 해야 할 필요가 있다.

　독자의 흥미를 끌만한 창조적 관점을 가진 책을 쓰기 위해서는 자신만의 독특한 노하우가 필요하다. 창조적 사고가 어느 순간 갑자기 생기는 건 아니다. 머리를 쓰지 않으면 책은 쓸 수 없다. 무엇보다 '그분이 오기만을' 기다리는 사람은 평생 책 같은 건 쓸 수 없다. 우선은 펜을 들고, 종이를 펴놓고, 써 내려가는 게 중요하다. 그런 과정 중에 음악 감상도 좋고, 산책도 좋다. 독자를 위한 글을 쓰기 위해서는 작가 스스로 창의적 사고를 하기 위한 의도적인 노력이 필요하다.

　오래 전부터 예술가, 학자, 신비주의자는 평정과 영감을 낳을 수 있는 공간을 세심하게 골랐다. 불교 승려들은 갠지스 강 상류를 터전으로 삼았고, 중국의 학자들은 그림같은 섬에 지은 정자에서 글을 썼으며, 기독교의 수도원은 전망 좋은 언덕 위에 자리잡고 있다. 지금도 웬만한 기업의 연구소는 물오리가 노니는 호수를 끼고 있거나 수평선이 바라보이는 탁 트인 언덕 위에 서 있다.

　뛰어난 창조적 재능을 보여준 사상가와 예술가의 말을 믿어보자면, 마음에 드는 경관이야말로 영감과 창조력의 샘이다. 코모 호수를 낭만적으로 묘사한 프란츠 리스트의 글을 떠올리지 않을 수 없다. "나를 둘러싼 자연의 다채로운 모습이 영혼 깊숙한 곳에 정감을 불러일으킨 듯했고……나는 그걸 음악에 담으려고 노력하였다." 1967년에 노벨 화학상을 수상한 만프레드 아이겐은 전세계 과학자들을 초대하여 함께 스키를 타고 과학적 토론을 나누던 스위스 알프스의 겨울 여행에서 가장 중요한 통찰을 얻은 적이 많았노라고 술회한다. 보어, 하이젠베르크, 찬드라세카르, 베테 같은 물리학자의 전기를 읽으면 만약 등산이란 것이 없고 밤하늘을 볼 수 없었다면 그들의 과학도 무르익지 못했으리라는 인상을 받게 된다.

—『몰입의 즐거움』 미하이 칙센트미하이, 해냄

글쓰기, 고전에서 답을 찾다

대부분의 것들이 시간에 굴복합니다. 그런데 고전은 시간과 싸워 이겨냈어요. 3
백 년, 5백 년을 살아남았고 앞으로 더 살아남을 겁니다. 놀랍지 않습니까? (중략)
누군가는 좋고 누군가는 싫을 수도 있지만 대다수의 사람이 좋아할 확률이 가장
높은 것이 고전입니다. 세월을 이겨내고 살아남았기 때문이죠. 당대도 중요합니
다. 요즘의 트렌드, 올해의 베스트셀러 작가, 예술작품 중요합니다. 하지만 어디
까지나 당대죠. 당대는 흐르고, 고전은 남습니다. 당대의 작품중 아주 뛰어나고
훌륭한 몇몇만이 고전이 될 가능성이 있을 뿐입니다.

—『여덟단어』 박웅현, 북하우스

누군가 이야기한 '살아있는 모든 것은 아름답다'는 말처럼 세상은 아름다운 것들로 가득하다. 글도 마찬가지다. 아름다운 마음으로 아름다운 글을 쓰는 사람들이 많다. 하지만 모든 책이 역사를 뛰어넘는 고전이 되진 않는다. 어떤 책은 1쇄도 마치지 못한 채 절판되고, 어떤 책은 100쇄를 찍는 베스트셀러가 되기도 한다. 어떤 책은 천 년이 넘는 세월 동안 사라지지 않는 고전이 된다. 그래서 책을 쓸 때는 고전을 만든다는 마음으로 써야 한다. 역사를 담고 있기 때문이다.

책을 쓰는 작가는 역사에 남을 고전을 쓴다는 마음으로 책을 써야 한다. 모든 고전이 귀감이 되고 마음에 남는 것은 아니다. 읽는 사람이 누구냐에 따라 귀감이 될 수도, 지루한 책이 될 수도 있다. 중요한 것은 본질이다. 무엇을 담고 있느냐에 따라 독자의 세계가 달라진다.

아래로부터 올라오는 그들의 희미한 속삭임은 그들의 머리 위에서 교차하는 말소리에 대해 일종의 지속적인 저음부를 이루고 있었다. 그러한 모든 것을 나는 마리에게로 다가가면서 한순간에 알아챘다. 벌써 철책에 달라붙어서 마리는 있는 힘을 다해 나에게 웃어 보이고 있었다. (중략)

나는 방을 나서기 전에 돌아다보았다. 마리는 얼굴을 창살에 비벼대며 여전히 어정쩡하고 온통 긴장된 웃음을 지으며 우두커니 서 있었다.

—『이방인』 알베르 카뮈, 책세상

20세기 문학 소설에 있어 독보적인 위치를 차지하고 있는 알베르 카뮈의 소설 『이방인』에서 주인공 뫼르소가 살인의 누명을 쓰고 교도소에서 판결을 기다리는 동안 애인이었던 마리와 면회하는 장면의 일부분이다. 알베르 카뮈는 슬픔, 고통, 눈물과 같은 단어를 사용하지 않았다. 그럼에도 불구하고 깊은 슬픔과 두려움을 만들어낸다.

글을 쓸 때는 이처럼 미묘한 감정에서부터 슬픔, 기쁨, 소망에 이르기까지 인간의 마음의 흐름이 세밀하게 표현되도록 기록하는 것을 전제로 두어야 한다. 문학 소설이든, 자서전이든, 모든 글에는 마음이 있다. 마음의 미묘한 감성을 기록하는 능력이 필요하다. 그리고 그 능력은 작가의 몫이다. 글을 쓰는 작가에게는 마르셀 뒤샹의 말처럼 위대한 통찰력이 필요한 법이다.

위대한 통찰은 세속적인 것의 장엄함, 즉 모든 사물에 깃들어 있는 매우 놀랍고도 의미심장한 아름다움을 감지할 줄 아는 사람들에게만 찾아온다.

—마르셀 뒤샹Marcel Duchamp

MEMO

02 원고 집필 단계

어렵게 쓰려고 노력(?)하지 마라

무엇보다 글은 쉬워야 한다. 독자를 위해서다. 어린아이들도 이해할 수 있을 만큼 쉽게 써야 글이 좋아진다.

나도 처음엔 어렵게 글을 쓰려고 했다. 어렵게 글을 쓰면서 머릿속에 대단히 뛰어난 무엇인가가 있는 것처럼 보여주고 싶은 마음이 있었다. 사실 어떻게 써야 잘 쓰는 것인지 몰라서 어려운 단어들만 골라 책을 쓰려고 한 것이었다. 그런데 알고 보니 쉽게 쓰는 게 잘 쓰는 거라고 했다. 그래서 앞으로 글은 최대한 쉽게 써야겠다고 다짐했다. 어렵게 쓰려고 하지 말자. 글은 쉽게 써야 한다.

어렵게 글을 쓰려고 하는 사람들 중에 대단한 작가는 드물다. 쉬운 단어로 말하고 쉽게 써야지, 어려운 단어를 사용해서 어려운 문장을 쓰고 복잡하게 쓰면 내용을 서로 이해 못하는 상황이 발생하기도 한다. 물론 상황에 맞는 말을 하기 위해서 어려운 표현을 써야 할 때도 있다. 그러나 어려운 말을 쓴다고 해서 좋은 문장과 좋은 책이 나오는 것은 아니다.

읽기에 다소 어려운 글을 써야 하는 경우와 그런 글을 써야 하는 작가가 있다. 일반적으로 독자의 수준이 아주 높거나 의도치 않게 복잡하고 어려운 예화들을 필두로 사용해야 하는 경우가 있다. 그렇다 보니 작가의 입장에서는 가장 합리적이면서도 효과적으로 전달하기 위한 방법을 찾는다. 결국 쉬운 단어만으로 효과적인 문장을 만들기 어려워지는 경우가 생긴다. 그럴 때는 어쩔 수 없이 글이 어려워진다. 어휘의 수준이 높아진다.

자유주의 평등은 형식적인 기회의 평등을 넘어서 가능하다면 사회적·문화적 불평등을 교정함으로써 자연적 자유에 깔려 있는 불의를 치유하려 한다. 그 목표는 일종의 '공정한 실력주의'다. 그 안에서 교육의 동등한 기회, 특정 재분배 정책, 다른 사회 개혁으로 사회적·문화적 불평등이 완화될 수 있다. 자유주의 평등의 원칙에 따르면, 자유주의 평등의 이상은 모두에게 '평등한 출발'을 제공하는 것이다. 그러므로 유사한 재능과 능력, 그 재능과 능력을 발휘하려는 유사한 자발성을 가진 사람들은 '동일한 성공 전망'을 기대할 것이다. 사회 체제 내에서의 맨 처음 위치와 무관하게, 즉 태어날 때의 소득상태와 '무관하게' 동일한 성공을 기대할 것이다. 유사한 동기 유발이 이루어지고, 유사한 자질을 가지고 있다면 사회 전 영역에서 대략적으로 평등한 문화와 성취 전망이 있어야 한다. 같은 능력과 열망을 가진 사람들의 기대는 사회 상태에 영향을 받아서는 안 된다.

—『정의의 한계』 마이클 샌델, 멜론

작가의 책을 접하는 독자들의 이해 수준이 무척 높은 단계에 도달해있는 경우라면 그만큼 어려운 사안들을 다양한 관점에서 해석할 수 있는 능력 또한 필요하다. 단, 모든 작가가 쓰는 글과 책의 내용이 어려워야 할 필요는 없다. 때로는 아주 쉽게, 하지만 깊은 의미를 풍기는 글을 만날 때도 있다. 그리고 그런 글들은 중학교 과정 교과서나 참고서에 실리기도 한다. 작가의 뛰어난 해석 능력과 필력의 우수성을 인정하기 때문이다. 마이클 샌델 교수가 쓴 책의 내용들은 훨씬 어려운 시험 문제나 논문에 출제되겠지만 말이다.

잠 안 오는 밤, 동내 개가 밤새 짖는다. 그까짓 똥개 짖는 거 하면서도 누구네 도둑이 드나 싶어 뒤숭숭하다. 요샌 자고 깨면 이웃의 누구네 도둑이 들었다는 소문이다. 좀도둑이 주인이 깨어나자 강도로 돌변하더라는 소문도 들린다. 나는 식구들에게 혹시 자다가 도둑이 든 것을 눈치 채도 그저 자는 체해야 한다고 이른다.

아들애는 제법 남자답게 도둑이 들면 실눈을 뜨고 눈치를 보다가 딴죽을 걸어 도둑을 잡겠다고 벼른다. 나는 절대로 그러지 말라고 질겁을 한다. 그러면 실눈을 뜨고 도둑의 얼굴이라도 똑똑히 봐 두었다가 고발이라도 해야 할 게 아니냐고 묻는다. 나는 그럴 것도 없다, 우리집엔 별로 값나가는 것이 없으니 그저 눈 꼭 감고 코를 콜콜 골며 도둑을 맞자고 이른다.

—『추한 나이테가 싫다』 박완서 산문집, 세계사

위의 박완서 작가의 글을 읽으면 '음식 맛은 장맛'이라는 말이 생각난다. 된장과 간장이 만들어지기까지는 오랜 시간이 걸린다. 오랜 시간 숙성된 된장과 고추장에서 담백하고 순한 맛이 나듯이 오랜 시간 묵혀둔 글도 그와 같다. 담백한 글을 쓰기 위한 좋은 방법 같은 건 없다. 글쓰기는 정답이 없다. 그래서 더 많이 생각하고 더 많이 읽어야 한다.

아름답고 선명한 글을 쓰는 것은 아무런 그림도 없는 바위를 조금씩 쳐서 작고 세밀한 촛대를 만드는 것과 같은 일이다. 먼저 마음속으로 어떤 글을 쓰고 싶은지 조심스럽게 그려보자. 그리고 난 뒤에 한 자 한 자 글을 써 내려가면 백지 위에 희미하게 정답이 보일 것이다.

쉬운 글은 독자를 즐겁게 한다

좋은 글, 쉬운 글을 쓰기 위해서는 많이 읽어야 한다. 따라서 다독을 해야 하는 이유는 두 가지가 있다.

첫 번째는 배움이다. 다양한 양서를 읽다 보면 이전에 알지 못했던 다양한 감성과 아이디어들이 솟아나기 때문에 책을 쓰거나 자료를 정리할 때 많은 도움이 된다.

두 번째는 책 쓰기의 기술을 배울 수 있다. 쉽게 쓰는 것의 기준을 대략적으로 알 수 있다. 쉽게 쓴 글은 쉽게 읽힌다. 그만큼 이해가 빨라서 얻어지는 게 많다.

쉬운 글과 쉬운 문장을 쓰는 작가들의 책을 가까이 두고 읽다 보면 쉬운 문장을 어떻게 쓰는지 알게 된다. 그리고 그런 책들이 잘 팔린다. 쉽게 쓰는 작가들에게서 많은 것을 배운다.

노 대통령은 자신이 하고 싶은 얘기가 정확하게 전달되기를 바랐다. 그것이 글을 쓰는 대원칙이었다. 멋을 부리다가 전하고자 하는 메시지가 불명확해지는 것을 용납하지 않았다. 문장구조도 단순했다. 주어와 서술어가 하나씩 있는 단문을 선호했다. 수식어도 최대한 줄였다. 수식어가 여기저기에 걸리면 복잡해진다. 복잡해지면 어려워진다. 간결할수록 명확하고 매끄러워진다.

이러한 전달 방식의 하나로 활용했던 것이 속남이다. 원래 있던 속담도 있고, 노 대통령이 만든 것도 있고, 출처를 모르는 것도 있다.

'목욕도 안 하고 장가 가는 격이다'

'물 젖은 솜이불에 칼질하는 격이다'

'젖만 짜도 될 텐데, 소를 잡자는 격이다'

'무른 감도 쉬어가면서 먹어라'

'거지가 지나가면 온 동네 개들이 다 짖는 법이다'

'마른 나무 부러뜨리듯이 하면 안 된다'

'날아가는 고니 잡고 흥정한다'

김 대통령은 복잡한 내용을 단순명료하게 바꾸는 능력이 탁월했다. 아무리 심오한 내용도 대통령의 손을 거치면 쉽게 이해가 됐다. 대통령은 이렇게 주문하기도 했다.

"연설문은 들으면서 머릿속에 그 골자를 정리할 수 있게끔 명료해야 합니다."

—『대통령의 글쓰기』 강원국, 메디치

독자로 하여금 집중해서 읽을 수 있는 경험과 의지를 제공해줄 수 있다면 작가가 누구든 상관없다. 중요한 건 알맹이지 이름은 아니기 때문이다.

내가 학창시절에 꽤 오랫동안 베스트셀러 자리를 지켰던 책이 있었다. 그 이름도 유명한『공부가 가장 쉬웠어요』였다. 법무법인 비엘에스 대표변호사로 근무 중인 장승수 변호사가 막노동꾼에서 서울대 법학과에 수석으로 입학한 이야기였다. 인간승리도 이런 인간승리가 없다. 그의 저서에는 켜켜이 쌓여있는 깊은 상처를 소망으로 승화하려는 강한 의지가 드러나 있었지만 쉬운 문장으로 읽는 내내 감동과 즐거움을 주었다.

병원에서 쫓겨나오기는 했으나 다리가 아파 잘 걸을 수가 없었다. 길가에 주저앉아 있는데 갑자기 눈물이 쏟아지기 시작했다. 한 번 흐르기 시작한 눈물은 도저히

주체할 수 없을 만큼 쏟아져 나왔다. (중략)

싸움도 술도 오토바이도 다 시시껄렁해 보이고 모든 게 회의스럽기만 하던 그 시절, 지금껏 한 번도 느껴 보지 못했던 열정이 새삼스럽게 불타오르기 시작한 건. 봄날 보았던 고려대학교의 교정이 환상 속에서 부글부글 끓어올랐다. 이상의 소설 「날개」의 주인공이 겨드랑이에 가려움을 느끼며 날아오르기를 안달하듯이 내 가슴속에도 열망이 피어 올랐다.

'날자, 한번만 더'

언감생신 꿈조차 꾸지 않았던 '대학'이라는 곳이, 갑자기 나에게 남겨진 유일한 대안으로 떠오르는 순간이었다.

—『공부가 가장 쉬웠어요』 상승수, 김영사

독자들에게 사랑받는 베스트셀러는 그냥 만들어지지 않는다. 어렵게 쓴 문장이 간결해지고, 쉬워지고, 긴 문장에서 간단한 문장으로 바뀌는 퇴고도 필요하다.

담백하고 순수하게

모든 사람에게는 저마다의 맛이 있듯이 글을 쓰다 보면 자기만의 필체가 드러나게 마련이다. 훈련된 필체라는 점에서 작가의 독특한 특징이 드러나는 경우도 있지만 내재된 감성이 드러나는 경우이기도 하다.

책을 쓰기로 했다면 담백하면서도 깊고 순수한 세계를 담아낼 수 있는 필력을 기르는 것이 무척 중요하다. 세상에 자신의 이름을 남긴 유명 작가들은 천문학적인 비용을 통한 마케팅이나 타고난 운명에 의해 위대한 작가가 된 게 아니다. 그들은 어떤 식으로든 뛰어난 필력을 가지고 있었다. 직업군과 성격, 장르는 모두 달랐다. 어떤 식

으로든 상관없다. 완벽한 문장력을 구사할 수 있는 능력을 갖추었다
는 점에서 그들은 탁월한 작가가 될 자격을 갖춘 셈이다.

> 지독하게 시큼한 것을 입 안에 물었을 때처럼 아오마메는 얼굴을 찌푸렸다. 하지
> 만 조금 전처럼 격하게 찌푸린 건 아니다. 그리고 다시 볼펜 꽁지로 앞니를 톡톡
> 톡 치며 목구멍에서 무거운 신음 소리를 냈다. 등을 맞대고 앉은 고등학생은 그
> 소리를 들었지만 이번에는 못 들은 척했다.
>
> ─『1Q84』 무라카미 하루키, 문학동네

일본 최고의 소설가인 무라카미 하루키는 위와 같이 쉽게 설명하
기 어려운 장면과 상황을 글로 완벽하게 서술하는 능력이 있다. 하
루키의 작품을 읽어본 독자라면 그의 글은 무겁지 않고 무척 담백하
면서 섬세한 문장력으로 장면을 묘사하는 것을 알 수 있다.

> 미도리의 요리 솜씨는 나의 상상을 훨씬 넘어서 아주 감탄할 만했다. 전갱이 식초
> 무침에다, 두툼한 국물 계란말이, 손수 만든 삼치절임, 가지 조림, 순채 장국, 버섯
> 밥, 거기다 단무지를 잘게 썰어 깨소금 뿌린 것을 듬뿍 곁들여 내놓았다. 양념 솜
> 씨는 산뜻한 간사이 식이었다.
>
> ─『상실의 시대』 무라카미 하루키, 문학사상사

「노르웨이의 숲」에서 주인공이 미도리의 고바야시 서점에 초대받아서 가는 장면이 나온다. 그 장면에서 주인공의 두 번째 애인인 미도리가 주인공을 위해 식사를 준비해주는 장면이 나오는데, 마치 아주 깨끗하게 정돈된 테이블을 직접 눈으로 보면서 글로 적은 것처럼 세밀하게 묘사해냈다.

이런 세밀한 장면 묘사가 일본 최고의 소설가를 만들지 않았나 생각된다. 그리고 이런 능력은 아래의 또 다른 위대한 작가의 작품에서도 발견할 수 있다.

"나와 함께 마케도니아에서 온 놈 가운데 불한당 같은 반역자, 요르가란 놈이 있었어요. 진짜 악랄한 놈인데, 그놈이 글쎄 울더란 말입니다. '왜 우는 거냐 요르가, 이 개놈아' 말은 그렇게 했지만 내 눈에서도 눈물이 흐르고 있었습죠. '늙은 돼지새끼같은 놈이 뭐하러 울어?' 그랬더니 그는 두 팔로 내 목을 끌어안고 어린애처럼 엉엉 울더란 말입니다. 그러고는 그 잡놈이 자기 지갑을 꺼내 터키 놈들에게서 뺏은 금화를 몽땅 쏟아내서 한 줌씩 공중에 뿌렸어요. 보스, 아시겠어요? 그런 게 자유라는 겁니다."

—『그리스인 조르바』 니코스 카잔차키스, 베스트트랜스

언어는 감각이다. 훈련되어지는 시간과 깊이에 따라 전혀 다른 종류의 울림을 줄 수 있는 능력이기 때문이다. 꾸준한 독서습관, 의도적인 글쓰기 훈련에 따라 필력은 충분히 향상될 수 있다. 그러나 모든 사람이 카잔차키스나 하루키처럼 글을 쓸 수는 없다. 그들이 글로 풀어놓는 세계는 매우 수준 높은 상상력의 단계를 지향하는 반면에, 무척이나 세밀한 상황까지도 묘사할 수 있는 통찰력이 요구되는 세계이기 때문이다. 능력의 문제보다는 타고난 감각의 문제일 가능성이 더 크다. 예를 들면 이런 식의 감각 말이다.

나는 일어서서 그의 등을 툭, 쳐주고 싶었다.

—『위대한 개츠비』 F. 스콧 피츠제럴드

번쩍이는 칼들을 거두도록 하여라, 밤이슬에 녹슬지 않도록.

—『오셀로』 윌리엄 셰익스피어

내재된 감성이 글로 묘사된다는 점에서 다른 작가들에게는 또 다른 필력이 요구된다. 세계 최고의 연설가, 강연가, 베스트셀러 저자였던 지그 지글러Zig ziglar는 그의 책에서 다양한 묘사와 함께 힘 있고 강한 단어와 어휘 선정을 토대로 강연과 집필을 진행했다.

고객을 대하는 태도가 당신의 실적에 엄청난 차이를 가져 온다. 당신의 신념을 고객에게 전달하는 능력이 없다면 성사될 가능성이 높은 거래도 끝내 성공시키지 못할 것이며 결과적으로 자신의 잠재력을 충분히 발휘하지 못할 것이다. (중략) 세일즈맨으로서 최상의 모습을 유지하려면 상당한 정신적 내공을 쌓아야 한다. 지식과 올바른 태도로 구성된 이 정신적 내공은 모든 세일즈에서 실질적인 차이를 가져올 것이다. 이런 차이는 고객이 마음을 정하지 못하고 고민할 때 특히 진가를 발휘한다. 이러한 경우는 미미한 태도와 지식의 변화가 세일즈의 성공여부를 결정하기 때문이다.

—『클로징』 지그 지글러, 산수야

'엄청난, 최상의, 상당한, 잠재력, 성공 여부'와 같은 단어는 사람의 감정을 무척 고조되게 만들어주고 열정과 성취감을 불어넣어 준다는 특징이 있다. 평생 세일즈맨과 강연가로서의 삶을 살았던 그의 책이 문학작품은 아니지만, 성취 심리학이나 성공학의 반열에서는 고전으로 불릴 수 있었던 이유가 있다. 힘 있는 문체와 마음을 풍요롭게 만들어주는 어휘를 골고루 선택한 경우라고 할 수 있다.

또 다른 예를 보자. 나폴레옹 힐Napoleon Hill의 『Think And Grow Rich』가 매우 흔한 자기 계발서가 아니라 전 세계적으로 2,000만 부 이상 판매된 세계적인 베스트셀러로 자리 잡을 수 있었던 이유도 그 책의 첫 줄을 보면 알 수 있다.

사고(思考)라는 것은 하나의 물체다.

―『Think And Grow Rich』 나폴레온 힐, 국일미디어

비슷한 예로 부담을 주지 않는 문학적 어휘를 선택하면서 담백한 단어로 마음을 풍요롭게 만들어주는 책도 있다.

한번은 어떤 분이 상담을 청하며 "우리 아버지는 1년에 360일 술을 드세요." 라고 했습니다.

"그러면 아버지께 나를 한번 만나러 오시라고 하세요. 내가 이야기를 하고 싶네요."

며칠 후, 그 아버지가 술에 취한 상태로 나를 찾아오셨습니다.

"마음에 무슨 근심이 있어서 술을 그렇게 드셨습니까?"

이분이 내 질문을 듣고는 깜짝 놀랐습니다. 사람들은 "술을 마시지 말라."고만 하지, "뭐가 그리 힘들어서 술을 마시게 됐냐?"고 마음을 물어보지는 않았기 때문입니다. 그 분이 지난 이야기를 들려주었습니다.

―『마음을 파는 백화점』 박옥수, 온마인드

어떤 글을 쓸지는 작가의 선택이다. 중요한 것은 글을 쓰는 작가가 어떤 단어와 문장을 책에서 골고루 다루느냐에 따라 독자의 마음이 날카로워질 수도 있고 풍요로워질 수도 있다는 사실이다.

작가를 유혹하는 표절과 인용 사이

작가에게서 나올 수 있는 지혜와 정보에는 한계가 있다. 그래서 책을 쓰기 위해서는 다양한 정보와 지식이 필요하다. 많은 시간을 투자해서 자료를 검색하고 적절한 인용 자료를 구성할 필요가 있다.

어떤 책을 쓰느냐에 따라 다르겠지만 전문성을 띠고 있는 책을 쓸 때는 더욱더 그러하다. 방대한 정보, 타당성을 갖춘 의견의 조합, 그에 따른 연구결과, 주관적이면서 충분히 납득할 만한 작가의 의견도 필요하다.

인용의 합법적인 사용은 출처를 명확히 밝히는 것이다. 어느 글에서 인용한 것인가, 작가는 누구이며, 어느 출판사에서 출간된 책인가를 명확히 기재하는 것이다. 내 지혜가 부족하면 다른 사람의 지혜를 빌려서 쓰는 것이다. 인용하는 자료의 출처를 쓰고 작가와 출판사에게 피해가 가지 않게 조치를 취할 수 있으면 인용하는 데 별다른 지장은 없다.

표절은 다르다. 표절은 남의 것을 자신의 것처럼 포장하는 것이다. 문제가 생길 여지가 있으니 조심해야 한다. 표절과 인용 사이의 법적인 문제를 피하는 방법은 여러 가지가 있다.

직접 물어본다

브런치에 글을 올리면서 종종 다른 작가들의 글을 읽을 때가 있다. 필력이 무척 우수한 사람들의 글을 볼 때마다 깊은 존경심을 느꼈다. 그중 『초격차 독서법』에서도 인용했던 글을 잠시 옮겨본다. 「서해」라는 이름의 아이디를 사용하는 이용자가 올린 글이었다.

책을 손에 넣는 건 책과 운명적으로 만나는 행위다. 여기서 운명적이란 '우연을 가장한 만남'을 의미한다. 그런데 전자책과는 이런 우연한 만남이 일어나기 어렵다. 전자책은 '어떤 책을 읽겠다'라고 미리 내린 결정에 따라 구입한다. 내 생각에 책은 그런 식으로 사고 파는 물건이 아니다. 책은 읽을 필요에 따라 구입한다기보다 '부름에 끌려' 만나는 물건이다. 사람들은 무엇을 찾고 있는지 모르는 채 읽어야 할 책 주변을 서성거린다. 그러다가 책과 운명적으로 만나는 순간 '맞아. 이 책을 읽고 싶었어' 하고 깨닫는 것이 아닐까. 서로 읽어달라고 아우성치는 책더미 속에서 내게로 오는 눈빛 하나. 나는 한 번도 그 눈길을 피한 적이 없었다.

셰익스피어 서점 1측으로 내려왔다. 한 쪽 구석에 메모와 편지가 잔뜩 붙어 있었다. 나도 그곳에 앉아 노란색 포스트잇에 "책 고르는 안목이 훌륭하군요."라고 인쇄체로 꾹꾹 눌러썼다. 그렇게 쓴 포스트잇 쪽지를 옆에 놓인 책 중간에 끼워 넣었다. 언젠가 이 책을 읽을 누군가에게 예기치 않은 미소를 선사할 생각에서였다. 우연찮게도 책은 헤밍웨이가 쓴 'A moveable Feast'였다. 원 뜻은 '날마다 날짜가 바뀌는 축제'정도다. 서울에선 <파리는 날마다 축제>라고 번역되었다.

—『셰익스피어와 퓌프가 싸우면』 서해, 브런치

무척 마음에 와닿는 내용이었다. 좋은 책을 만났을 때 느끼는 그 따뜻한 감정, 내 인생에 운명처럼 다가온 책, 그 찰나의 순간을 무척 아름다운 표현으로 기록했다. 독서법에 관련된 책을 쓰고 있었기에 무척 끌리는 내용이었다. 염치 불고하고 글을 올린 분에게 댓글을 남겼다.

"안녕하세요, 출간작가 전준우입니다. 두 번째 책을 쓰는데 작가님 글의 내용이 좋아서 내용 일부와 아이디를 기재해도 될런지 여쭙고저 댓글 올립니다. 허락해주신다면 출간되는 즉시 한 부 선물로 드리겠습니다. 혹 실례가 되었다면 죄송하고, 댓글을 삭제하도록 하겠습니다."

한참 뒤, 그에게서 답변이 돌아왔다.

"존재하는 사실이니 제 소유일 리가 있나요. 필요하시다면 얼마든지 쓰세요. 감사합니다."

필력을 인정받는다는 것은 작가의 입장에서는 무척 기분 좋은 일이다. 표절 시비가 두려우면 물어보면 된다. 안된다고 하면 안 쓰면 될 것 아닌가. 서로에 대한 예우를 지키는 것만으로도 좋은 기회를 얻을 수 있다.

참고한 뒤 출처를 밝힌다

의견을 뒷받침해줄 자료가 필요할 때가 있다. 한 사람의 주관적인 의견은 힘이 없어도 다수의 공통된 의견은 같은 방향을 지향하고 있다는 점에서 더 많은 힘이 실리기 때문이다. 내 주장을 뒷받침해줄 의견으로 사용함에 있어서 출처를 밝힌 뒤 사용하면 큰 문제는 없다. 인용문이 여기에 해당한다. 단, 무절제한 참고는 좋지 않다.

저작권에 포함되지 않는 자료를 쓴다

표절이라고 할 수 없는 말들이 있다. 이런 말들은 자유롭게 사용할 수 있다. 입에서 입으로 전해져내려오는 말들이기 때문에 출처도 없고 남용한다고 해서 트집 잡을 사람도 없다.

· 속담

속담은 쉽게 쓸 수 있으면서도 깊은 의미를 담고 있다. 출처가 정확하지 않지만, 누구나 쉽게 알 수 있는 표현으로 이루어진 말이다. 표절의 시비를 찾아볼 수 없다.

· 닭 쫓던 개 지붕 쳐다보는 격이다.

· 백문이 불여일견.

· 똥 묻은 개가 겨 묻은 개 나무란다.

· 구전동화

구전동화는 원작자가 불확실하다. 설령 있다고 하더라도 다양한 형태로 변화하고 재창조되었기 때문에 이렇다 할 표절 시비가 없다.

· 출처가 없는 글

직접 만든 속담이나 문장은 좋은 도구가 될 수 있다. 글을 쓰다 보면 사전에 없는 새로운 단어를 재창조할 때가 있다. 언어적 능력이라기보다는 갑자기 튀어나오는 말실수에 가깝지만 의외로 좋은 기회가 되는 경우가 있다.

- **책 없는 책가방을 메고 학교에 간다.**
- **밥 값 내고 커피 마신다.**
- **집 살 돈으로 휴대폰 산다.**
- **된장국인 줄 알았는데 소금국이다.**

• 신조어

살다 보면 많은 경험을 하기 마련이다. 그럴 때 그런 경험을 통해 얻은 마음의 변화를 명언과 적절하게 섞어서 쓸 수 있다. '나는 프랑스에 가 본 적이 없다. 나폴레옹은 이름만 안다. 그러나 불가능이란 단어를 기억에서 없애고 나니 내게도 무슨 일이든 할 수 있는 탁월한 용기가 생겼다' 이런 식으로.

솔직하게 잘못을 인정한다

『유시민의 글쓰기 특강』에 보면 이런 내용이 나온다.

인간은 자유롭게 태어났으며 자유롭게 살 권리가 있다.

내가 이 문장을 기억하는 것은 '표절'했기 때문이다. 이것은 프랑스대혁명 직후 국민공회가 선포한 <인권선언문> 제1조를 베낀 것이었다. 학교 중앙도서관에 가서 온갖 유명한 선언문을 뒤진 끝에 겨우 찾은 게 그 문장이었다.

—『유시민의 글쓰기 특강』, 유시민, 생각의 길

그는 책에서 "표절했기 때문이다"라고 이야기했다. 전 장관이라는 사회적 위치 덕분에 얼마나 물의를 일으키는 말이 되었는지는 모르겠다. 인터넷에서 검색해보니 표절은 '저작권이 소멸된 타인의 저작물을 출처 표시를 하지 않고 이용하는 경우'라고 설명이 나와 있다. 표절의 범위가 무척 모호해서 별다른 제재가 없다는 말도 얼핏 들은 적이 있다. 그렇긴 해도 '근래에 읽은 책들 중에서 발견한 가장 멋진 표현 중 하나'라는 생각을 했었다.

어떤 상황에서든지 실수를 솔직하게 인정하는 것은 무척 멋진 일이다. 표절 시비가 작가의 도덕적 소양과 윤리적 측면의 문제라는 점에서 봤을 때 표절 시비는 일어나지 말아야 하는 일들 중 하나다. 솔직하게 인정하면 그만인데 그것을 못하기 때문에 발생하는 일이다.

잘 지은 제목 하나, 열 카피 안 부럽다!

'책 장사는 제목 장사'라는 말이 있다. 그만큼 제목이 중요하다. 먼저 어떤 글을 쓸 것인가 구체적으로 틀이 잡혀야 되겠지만 제일 먼저 눈에 띄는 게 제목이다 보니 결코 무시할 수 없다.

책을 좋아하는 사람이라면 시대별로 유행하는 책의 제목이 있다는 것을 알고 있을 것이다. 지금은 다양한 종류의 책을 접하다 보니 제목만 보고 책을 구매하는 일이 별로 없지만, 이전에는 한눈에 쏙 들어오도록 잘 구성된 제목을 보고 책을 덥석 집어 들곤 했다. 그만큼 책을 볼만한 눈이 없었지만 다른 한편으로는 그 책들은 모두 당대에 유행하는 책 들이었다. 그만큼 제목이 가지는 비중이 크다는 것을 알게 해주는 부분이다.

지금처럼 수많은 매체가 등장하기 전에는 더 많은 책이 판매되고 인쇄되었다. 2쇄, 3쇄 꾸준히 판매되는 책이 드문 요즘과 달리, 일단 만들고 나면 3,000부는 기본으로 판매되던 때가 있었다. 그때도 책 제목이 중요했지만, 내용에 충실성을 기한 작품들이 더 많았다.

어린 시절 화장실에 부모님이 꽂아두셨던 책들 중에는 유명 대학 교수의 자녀 교육법을 비롯해서 오래된 문학 작품들이 많았다. 당연히 제목만으로는 어떤 책인지 구별하기 어려웠고, 어느 정도 내용을 읽고 나서야 '이런 내용을 담고 있구나' 하고 생각할 뿐이었다. 다양한 매체들의 등장으로 이전만큼 책은 잘 읽히지 않고 있지만, 지식과 지성의 압축이라는 본연의 가치 이외에 긍정적인 이미지 구축이라는 이유로 다양한 사람들을 통해 만들어지고 있다. 그러다 보니 내용에만 충실한 나머지 한눈에 쉽게 들어올 수 있도록 표지와 제목을 구성하지 않으면 쉽게 눈에 띄지 않는다. 그래서 출판사들은 제목에 많은 시간을 투자한다.

몇 년 전에 하버드 학생들의 가치관을 다룬 책이 출간되었다. 처음에는 대부분 출판사의 반응은 미적지근했다. 하버드에 관련된 내용은 이제 한물갔다는 거였다.

"이제 독자들은 그런 내용을 찾지 않아요. 하버드에 관련된 책들이 얼마나 많습니까? 다른 책을 출간하는 게 좋겠습니다."

그 해, 『하버드 새벽 4시 반』이라는 제목으로 출간된 이 책은 잘지은 제목 때문에 출간 직후 중국에서 100만 부 이상 판매고를 올린 초대형 베스트셀러가 되었고, 국내에서도 30만 부가 넘는 베스트셀러가 되었다. 제목은 그 책의 가치를 드러낼 수 있는 가장 쉬운 예다.

그러나 제목을 만드는 데 어떤 기준 같은 건 없다. 첫 책인 『교육의 힘』을 출간할 때도 어떤 제목을 써야 하는지 많은 고민을 했다.
우선 생각나는 대로 아래처럼 여러 가지 제목들을 만들어봤다.

· 교육의 길
· 교사의 힘
· 나는 교사다
· 탁월한 교육법
· 10대의 위대함
· 나는 선생님입니다
· 너희들, 교육이 뭔지 아니?
· 10대를 위한 인성교육의 힘

여러 가지 제목을 구상해보면서 가장 쉽고 단순한 제목을 찾기로 결정을 내렸고, 그렇게 만들어진 제목이 『교육의 힘』이었다. 하지만 『교육의 힘』 위에 들어갈 부제도 고민이었다. 다른 책들을 보면 잘도 만드는 것 같던데 막상 만들려고 하니 쉽지 않았다.

"이 책 한 권이면 당신의 자녀도 사춘기에서 벗어날 수 있습니다!" 라든지, "학교폭력, 이 책 한 권이면 막을 수 있습니다!"라는 부제도 생각해봤다. 하지만 첫 책의 부제로 쓰기엔 너무 거창했고 거북스러웠다. 밤잠을 설쳐가며 부제를 만드는 데 집중했다. 그래서 여러 가지 부제들을 만들어서 어떤 게 가장 좋은지 출판사와 의논했다.

· 위대한 인간을 만드는 기회 『교육의 힘』
· 탁월함 뒤에 숨겨진 단 한가지 길 『교육의 힘』
· 엄마는 절대 모르는 10대 자녀를 위한 『교육의 힘』

그러나 출판사와 함께 논의를 거듭한 후 최종 결정된 것이 이것이었다.

무엇을 어떻게 배워야 하는지 모르는 10대를 위한 『교육의 힘』

사실 10대를 위한 책이라고는 해도 내용이 좀 어려운 건 사실이었다. 학생들에게 인성교육의 중요성을 아무리 강조해도 결국 인성교육에 관심을 가져야 하는 것은 부모와 교육기관에 종사하는 교사들이기 때문이다. 그래서 독자 대상층을 교사와 부모에게 초점을 맞춰서 쓰긴 했는데 결과적으로 '10대를 위한 교육의 힘'이라는 제목이 들어가서 대상층이 10대가 되어 버렸다. 10대가 읽기엔 어려운 주제를 다룬 책이었기에 더 많은 판매고를 올리는 데 주력하지 못한 게 못내 아쉬웠다. 당시엔 무척 마음에 들고 흡족했지만, 이후에 여러 책을 쓰다 보니 세밀하게 생각하지 못한 것들이 보인 셈이다.

두 번째 책은 독서법에 관련된 내용이었다. 많은 어려움을 통해 독서의 중요성을 깨닫고, 독서를 통해 책까지 쓸 수 있었던 내용을 담았다. 어떤 제목을 쓸까 고민을 많이 했다.

"학창시절에 공부랑 거리가 멀었는데 나이가 들어서 독서법에 대한 책을 썼으니 『열등생의 독서법』이라고 할까?"

매일 하는 고민이 제목 짜는 것이었다. 원고는 점점 마무리되고 있는데 제목이 안 나왔다. 여러 가지 제목을 나열해놓고 고르기 시작했다. 마침 아내가 첫째를 임신한 상황이었다. 그래서 만들어본 제목이 아래와 같았다.

· 열등생 아빠의 독서법

· 열등생 아빠의 1일1독 독서법

· 열등생 아빠의 하루10분 독서법

그런데 원고의 대략적인 내용은 다음과 같았다.

독서는 좋다. 그러나 책만 많이 읽는다고 해서 엄청나게 똑똑해진다거나 성공하는 것은 아니다. 독서가 좋은 점은 나의 부족함을 발견할 수 있다는 것이다. 독서를 통해 자신의 부족함을 깨닫고 겸손을 배운 사람들, 그 사람들이 만들어내는 위대한 변화는 자신의 부족함을 깨닫지 못한 사람들과는 비교할 수 없을 정도로 큰 차이가 난다.

공부에 별로 흥미가 없는 학창시절을 보내긴 했다. 그래도 대단한 열등생까지는 아니었는데 굳이 이런 이름을 넣어서 제목을 강조할 필요가 있는가 싶었다. 무엇보다 어감이 주는 불쾌감과 신빙성을 찾아볼 수 없는 막연한 기대 심리를 책을 통해 전하는 것도 무시할 수 없었다. 그래서 결국 「열등생」이라는 단어를 빼기로 했다.

그러다가 우연히 삼성전자 권오현 회장의 책 『초격차』를 읽으면서 힌트를 얻었다. 초격차. 그야말로 굉장한 성과를 이뤄낸 사람만이 할 수 있는 말 아닌가. 너무 멋진 제목이라는 생각이 들었고 결국 최종적으로 낙찰된 제목이 『초격차 독서법』이었다.

　잘 아는 은사님 한 분은 늘 긍정적인 생활태도를 유지하기 위해 매우 절제된 단어와 문장을 사용하는 습관을 가지고 있는데, 출판사에서는 그의 말을 그대로 녹음해서 글로 옮기면 책으로 쓸 수 있다고 이야기한 적도 있다. 좋은 제목은 그런 마음에서 비롯된다고 이야기할 수 있다. 좋은 제목은 책의 대략적인 내용을 파악할 수 있게 핵심을 담은 제목이라고 할 수 있다. 그러나 좋은 제목을 쉽게 만드는 가장 좋은 방법은 단순하고 긍정적인 말을 습관화한 생활 태도에 기인한다고 볼 수 있다.

　좋은 제목은 결국 가장 끌리는 단어의 조합이다. 내용이 무엇이든 제목은 가장 아름다운 단어의 조합이며 사람에게 희망과 소망을 이야기할 수 있는 단어인 경우가 많다. 당연히 평소의 생활언어습관으로 만들어지는 게 가장 좋다. 아름답고 익숙한 단어는 누구에게든지 담백하게 들리기 때문이다. 하지만 그것보다 좋은 것은 평소 언어습관에서 파생되는 기회가 아닐까 생각해본다.

　말하는 사람이 부정적인 사람인지 아닌지는 행동과 표정으로 어느 정도 파악할 수 있지만, 일반적으로 습관적으로 내뱉는 언어 패턴을 분석해보면 주로 사용되는 단어와 문장이 있다. 비속어가 많고

상대 비하적인 말과 행동을 일삼는 사람의 말에는 상대를 불쾌하게 하는 단어가 있다. 반면에 긍정적인 말을 습관적으로 이야기하는 사람들의 말속에는 상대를 무척 편안하게 하는 단어와 문장이 있다.

결국 끌리는 제목이나 목차를 구성하는 데 특별한 비결이 있는 건 아니다. 상당한 독서량, 끊임없이 도서관과 서점을 드나드는 인내심, 조용한 시간을 통해 묵상하는 기회, 무엇에서든지 배우려는 자세만 있으면 끌리는 제목과 목차를 구성하는 데 많은 도움이 된다.

잘 짜여진 목차는 훌륭한 설계도

무슨 일을 하든지 시작은 어렵다. 책 쓰기도 마찬가지다. 글쓰기와 책 쓰기는 약간 다르다. 책을 처음 쓰려는 사람에게 가장 두려운 것은 바로 어디서부터 시작해야 할지 모른다는 것이다.

그래서 책을 쓰기 전 제일 먼저 해야 하는 일이 목차를 짜는 일이다. 목차가 먼저 세워지고 난 뒤에 글을 써야 기준이 잡힌다. 기준이 모호해지면 글도 엉성하게 써진다. 목차는 간단한 게 좋다. 다만 일목요연하게 정리되어야 한다.

모든 일에는 기준이 있다. 정확하지 않고 엉성한 기준이 세워지면 효과적인 결과도 없다. 목차는 책에 있어서 기준을 세우는 일이며 뿌리를 내리는 일이다. 중요한 일이다. 혹자는 얼개를 짠다, 기둥을 세운다는 표현을 쓰기도 하는데 비슷한 말이다.

두 그루의 나무가 있다.

땅에 깊게 심지를 굳힌 뿌리를 가진 나무
그렇지 않은 뿌리를 가진 나무

겉보기엔 같아 보이나 뿌리가 다르다. 비바람을 헤쳐나가는 과정에서 많은 차이가 난다. 튼튼하지 않은 뿌리와 같은 목차는 요점이 정확한 글을 담아내지 못한다. 목차가 튼튼해야 하는 이유다. 목차를 짜는 데 오랜 시간을 투자할 필요가 있다.

다음은 내 첫 책이었던『교육의 힘』목차 일부분이다.

Chapter.1 공부라는 이름에 대하여
· 나의 학창시절
· 대학생활과 나의 꿈
· 꿈꾸는 자의 위대함
· 무엇을 공부하는가

교육기관에서 근무하면서 나름대로 정성을 들여 쓴 책이었다. 앞에서 이야기했듯이 첫 책이 출간되었을 때의 기쁨은 이루 말할 수 없었다. 주변의 축하 인사, 소중한 인세, "싸인 좀 해 주세요!" 하며 내 책을 사들고 오신 수많은 분들에게도 감사했다.

이처럼 첫 책에 대한 애착은 누구나 있는 법이다. 그런데 막상 출간되고 나니 오점이 보였다. 무엇보다 목차가 맘에 안 들었다.

얼마나 깊이 있는 내용을 담았는지는 작가에 달려있다. 책을 다듬는 데 투자한 시간, 다양한 관점을 제시하는 정보의 양, 논리정연하게 정리할 수 있는 기술을 얼마나 갖추었는지에 따라 해묵은 책이 될 수도 있고 가벼운 책이 될 수도 있다. 또한 얼마나 오랜 시간 책을 쓰고 다듬는지에 따라 깊이는 달라진다. 그리고 목차가 깔끔하고 알차게 구성되면 약간 부족해 보일 수 있는 내용도 어느 정도는 품어낼 수 있다. 글에서 이야기하고자 하는 바를 한눈에 알 수 있게 설명했다는 이유가 되기 때문이다.

목차는 일목요연하게 정리가 되어있어야 한다. 잘 쓰인 목차와 제목만 있어도 글쓰기의 절반은 끝난다. 목차가 구성되면 그다음부터는 알맞은 재료와 내용을 토대로 살을 붙이는 것이기 때문이다.

견고하게 뿌리내린 목차가 완성되면 책 쓰기는 한결 수월해진다. 제목에 따라 알맞은 내용을 정리하면 되기 때문이다. 한 주제를 정해놓고 제목당 A4용지 4장 분량의 글을 쓰는 것이 두서없는 한 권의 책을 쓰는 것보다 쉬운 일이다. 목차는 독자를 위한 것이다. 일반적으로 기승전결의 구도를 띠고 있긴 하지만 정보 전달을 목적으로 한 책이거나 대상의 분류가 필요한 경우에는 독자 대상을 나누어서 목차를 쓰기도 한다.

예를 들어 다음은 조국 前 민정수석이 서울대학 법학전문대학원 교수로 재직할 당시 저술한 『조국, 대한민국에 고한다』의 목차 일부분을 참고해 본다.

제1장 정부에 고한다

· MB가 꿈꾸는 두 나라

· 정부는 '지배계급의 도구' 테제를 입증하려는가

· 개헌? 정당 명부 비례대표제 강화가 먼저다

· 위장, 투기, 스폰서의 달인들

(중략)

제2장 보수와 진보에 고한다

· '카스트' 세습 사회를 깨기 위한 공정 경쟁이 필요하다

· 한국의 '보수', 클린트 이스트우드에게 배우라

· 자장면 집, 동업만 하면 손님이 찾아올까?

· 노무현 대통령이 제1야당 민주당에게 남기는 유훈

(하략)

자신의 책을 쓰기 위해서는 자신이 계획하는 책과 비슷한 경쟁 도서의 책을 읽으면서 목차를 정리하면 된다.

목차의 구성이 다 똑같진 않다. 단순하게 목차를 쓰는 사람도 있고, 일목요연하게 정리하는 사람도 있다. 한 가지 분명한 것은 누가

읽어도 이해할 수 있도록 쉽게 글을 쓰기 위해서는 목차에 상당한 시간을 들여야 한다는 것이다. 글의 응집성을 위해서다.

목차가 매끄럽지 못하면 글도 산만해진다. 목차를 먼저 완벽하게 정리해야 하는 이유는 흐름의 일관성을 유지하기 위함이다. 한 번에 300페이지에 달하는 글을 연달아 쓰기 위해서는 목차가 어느 정도 정리되어 있어야 한다. 그렇지 않으면 글을 완성하기 어려운 일이 되고 만다.

목차가 일목요연한 글은 그 자체로 완벽해지기 쉽다. 전달하려고 하는 메시지가 한 주제 안에 모두 정리되어야 글이 산만해지지 않는다. 앞에서 이야기한 내용이 뒤에 또 나온다든지 하는 식으로 글이 답답해진다. 분산되면 분산될수록 글의 힘이 약해진다.

단순하고 쉬운 목차를 구성하는 방법은 한 가지다. 많은 정보를 접하면 된다. 신문 사설의 제목, 서점의 책, 인터넷 커뮤니티에서 흥미를 끄는 게시글은 모두 제목이 탁월하다는 특징을 갖고 있다. 그런 것에서 정보를 얻으면 좋다. 일관성 있는 글의 흐름에 맞게 적절한 제목을 짜는 기술은 오직 많이 읽고, 많이 찾고, 많이 써보는 것 외에는 방법이 없다. 나를 위한 책이 아니라 독자를 위한 책이기 때문이다.

뭐! 두 달 안에 초고를 완성한다고?

글쓰기가 어렵다는 사람이 있다. 당연하다. 우리는 살면서 다양한 것을 배운다. 그런데 글쓰기를 배우는 경험은 별로 없다. 고작해야 초등학교 시절 일기 쓰기나 하고, 고등학생이 되어서 논술시험이나 보는 정도밖에 없다. 평상시에 꾸준히 글을 써온 사람이 아닌 바에 야 글쓰기, 특히 한 권의 책을 쓰기 위한 초고를 두 달 안에 완성하라 는 말은 선뜻 이해가 되지 않을 것이다. 글쓰기는 동기가 필요하다. 특히 책 쓰기는 더욱 그러하다.

글을 쓰다 보면 나 자신이 성장해나가는 모습을 보는 재미가 있 다. 나는 거기에서 책을 써야 한다는 강한 동기를 느낀다. 글쓰기 자체가 재밌게 느껴지고 한 꼭지씩 완성될 때마다 희열을 느낀다. 한 권의 묵직한 책으로 만들어진다는 기대감으로 설렌다.

글쓰기와 책 쓰기는 비슷한 듯 전혀 다른 말이다. 하지만 내면의 이야기를 외부의 세계로 끄집어내서 한자 한자 빈칸을 채워 넣는다는 점에서는 비슷하다. 게다가 목차와 제목이 어느 정도 완성되어 있다는 가정하에 초고를 완성하는 것은 그리 어렵지 않은 일이다.

글쓰기와 책 쓰기는 다음과 같은 절차를 따른다.

step 1. 얼개를 짠다.

step 2. 제목(목차)을 만든다.

step 3. 글을 쓴다.

step 4. 퇴고한다.

글을 쓰는 어느 누구도 이 범위를 벗어나지 않는다. 단순하고 쉽다. 두 달 안에 완성하기 위한 시간과 집중력이 고도로 필요할 뿐이다. 나는 두 달 안에 책을 써야 한다는 목표가 있었다. 흔히 접근 동기라고 이야기하는데 '왜 써야 하는가'에 대한 이유와 목적을 생각하는 것이다. 그런 이유라면 나도 할 말이 있었다.

어릴 때 꿈이 작가였다. 국어선생님이 되고 싶은 마음도 있었다. 틈날 때마다 끄적거리긴 했으나 이내 흐지부지되었다. 그러다가 다양한 교육기관에서 교사 생활을 하면서 교육에 관련된 내용을 하나둘 정리했다. 어느 정도 모아서 출판사에 투고했고 출간이 되었다. 난데없이 작가가 되었다. '아, 이렇게 하면 되는구나!' 계약하기 전까지 쓴 내용은 원고지 300장에 머물러 있었지만, 출판사와 계약한 뒤 한 달 보름 만에 원고지 1,300장 분량의 원고를 썼다.

우리는 무의식에 글 쓰고 싶은 마음을 장착해야 한다. 어떻게 할 수 있을까. 가장 좋은 방법은 하기 쉬운 일을 되풀이하는 것이다. 무의식의 저항을 최소화하기 위해서다. 쉬운 일을 하면 무의식이 발호할 틈이 없다. 나에게는 메모가 그렇다. 수시로 메모한다. 쉬운 일은 사람에 따라 다를 수 있다. 무엇이건 상관없다. 글쓰기와 관련된, 자신에게 맞는 쉬운 일을 먼저 찾는다. 그리고 되풀이한다.

쉬운 일과 반복이 만나면 습관이 만들어진다. 반복과 함께 목표, 주제, 장소, 시간도 정해놓는 것이 바람직하다. 나는 하루 3줄 이상 쓰는 게 목표다. 주제는 '글쓰기'이며, 말하기나 소통, 리더십으로 범위를 넓혀나가기도 한다. 글 쓰는 장소는 주로 카페다. 시간은 강의 시작하기 한두 시간 전이다. 강의 장소에 일찍 가서 근처 카페에서 쓴다.

—『강원국의 글쓰기』 강원국, 메디치

중요한 것은 습관이다. 나도 틈만 나면 카페에 간다. 운동을 하다가 중간에 메모지를 꺼내 들고 메모한다. 술도 안 마시고 담배도 안 피운다. TV도 안 본다. 습관이 되었다. 책 쓰기는 암중모색의 과정이다. 두 달 안에 한 권의 책을 쓰는 건 쉬운 일이 아니지만 일단 시작하고 나면 오래 걸리지 않는다. 그 시작은 습관의 힘에 있다.

직접 펜이라는 이름의 수갑을 손에 채우고 글 감옥에 갇혀서 보이지 않는 고뇌를 감당해내는 일이 책 쓰기다. 그 인고의 과정을 견뎌내는 사람만이 책 쓰기를 할 수 있다. 그렇게 형성된 습관이 두 달 안에 초고를 쓰게 한다.

그렇다고 빨리 쓰는 기술이나 방법에 얽매이진 말자. 어차피 빨리 쓰는 방법은 한정되어 있다. 평소 주변을 세밀하게 관찰하는 습관이 있어서 쓸 거리가 많거나, 그게 아니면 인용을 가장한 표절을 남발한 경우, 둘 중에 하나다.

깊이가 느껴지지 않는 책을 쓰지는 말자. 마음에 창조된 세계가 없으면 깊은 글을 쓰기란 어렵다. 문장을 다듬은 적이 있는지 의아할 정도로 엉망인 책들이 많다. 책을 쓰는 것은 마음의 거울을 닦는 일과 같다. 다른 사람이 내 마음을 통해서 자신의 마음을 투명하게 비춰볼 수 있도록 길을 안내하는 것이 책 쓰기의 기본이다. 습관적으로 글을 쓰되 거울을 닦는다는 마음으로 글을 쓸 필요가 있다.

하루에 원고지 20장! 초고 완성 노하우

처음 책을 쓰기로 마음먹은 사람이 원고지 20장에 가까운 글을 꾸준히 쓰는 건 무척 어려운 일이다. 경험이 없기 때문이다. 마음먹은 대로 펜은 움직여지지 않고 우왕좌왕하다가 끝내기 일쑤다.

책 쓰기 강의를 시작하면서 많은 사람들을 만날 수 있었다. 처음에는 2,3명으로 시작한 모임이 점점 커져서 10명, 20명으로 늘어났다. 학생, 사업가, 직장인 등등 다양한 사람들이 모였다. 그들이 공통적으로 이야기하는 내용은 '쓸 내용이 없다'는 것이었다.

사실 쓸 내용이 없다는 말은 틀린 말이다. 누구나 자신만의 이야깃거리를 가지고 있는데 풀어낼 만한 연습을 하지 못했을 뿐이다.

이렇게 생각해보자. 친한 친구를 만났을 때 우리는 어떤가? 최근에 있었던 재미있고 즐거웠던 경험들을 상대방이 이해하기 쉬운 말로 조리 있게 설명하는 데 그다지 어려움을 느끼진 않는다. 사람마다 차이는 있지만, 누구나 이야깃거리를 마음에 품고 있다.

친한 친구에게 내 이야기를 전해준다는 마음으로 목차를 구성하고 글을 써 내려가면 원고지 20장 쓰기도 그리 어렵지만은 않다. 꾸준히 원고지 20장의 글을 쓰기 위해서 필요한 것들을 정리했다.

포기하지 않는 꾸준함

책을 쓰려는 사람은 자신의 마음을 잘 다스려야 한다. 책을 쓰는 작업은 나를 성장시키는 과정이기 때문이다. 자기 마음도 다스리지 못하는 사람이 어떻게 다른 사람에게 도움을 줄 수 있는 책 쓰기를 할 수 있겠는가?

책 쓰기에 있어서 강한 정신력은 가장 중요한 핵심이다. 책 쓰기는 복잡한 설계도를 그려서 건물을 짓는 것과 같다. 삽질부터 완공식까지 반드시 써내고 말겠다는 강한 정신력과 고도의 집중력이 필요하다. '내가 무슨 책을 쓰나?' 하는 안일한 생각은 버리자. 꾸준히 집중해서 글을 쓰겠다는 생각으로 시작하자. 올바른 마인드를 가진 사람은 어떤 형편 앞에서도 상황을 진두지휘하는 능력이 있다.

제목에 맞는 적절한 자료

제목은 처음부터 마음에 들지 않아도 된다. 나중에 수정하면 된다. 자료가 중요하다. 시중에 출간된 수많은 책들 중에서 인용하는 것도 좋은 방법이다. 도서관에는 엄청나게 많은 책이 있고 영감을 주는 자료들도 많다. 나 같은 경우는 교육, 독서에 관련된 책들을 주로 공부하기 때문에 관련 책들에서 많은 영감을 얻었다. 마음에 와 닿는 좋은 제목들을 각색해서 사용하는 것도 좋은 방법이다.

이 책을 쓰면서 역시 수많은 책들을 읽었다. 『강원국의 글쓰기』, 『유혹하는 글쓰기』, 『유시민의 글쓰기 특강』, 『책은 도끼다』, 『대통령의 글쓰기』, 『글쓰기의 최전선』 등 50여 권의 책을 읽었다. 관련 분야에서 출간된 책의 목차를 연구하고, 어떻게 문장을 매끄럽게 만드는지를 배우고, 말로 쉽게 풀이해낼 수 없는 미묘한 상황을 어떻게 문장으로 정리하는지를 배웠다. 모든 책에는 배울 것이 있다. 무엇보다 내 입맛에 맞는 책에서 더 많은 것을 배운다.

잘 설계된 목차 구성

목차 만들기가 쉬운 일은 아니다. 많은 사람들이 목차를 만들지 못해서 글쓰기를 포기한다. 다양한 관점에서 비틀고, 짜내는 훈련이 필요한 일이다. 끌리는 목차를 어떻게 만들 것인가 연구하는 일은 책 쓰기에 있어서 중요한 것 중 하나다. 나는 많은 책을 읽으면서 목차를 그리는 훈련을 했다. 쓰려고 하는 주제와 연관된 책들을 50권 정도 읽다 보면 대략적인 목차가 정리되었다. 책 한 권당 약 4개의 장Chapter이 들어가고 각 장마다 약 6~7개의 목차가 들어가는데, 그럼 책 한 권을 쓰기 위해서 평균적으로 30개 정도의 목차가 필요하다는 계산이 나온다. 대략 20개 정도의 목차를 만들어놓고 그중에서 골라내는 작업을 하다 보면 괜찮은 목차가 만들어졌다. 30개의 목차를 만들기 위해서 약 600개 정도의 리스트를 만든 셈이다. 시간이 오래 걸리긴 해도 중요한 일이니 시간을 투자할 필요가 있다.

전체적인 틀을 잡기 어렵다면 지금 쓰고 있거나 이제 시작하려고 하는 글의 대략적인 제목만 짜도 좋다. 하나씩 완성해놓고 나중에 위치만 바꾸는 것이다. 글쓰기는 생방송이 아니다. 출간 계획서가 나오기 전까지, 출판사에 투고하기 전까지, 책으로 출판되기 전까지 수정이 가능한 일이다.

아래는 최승필 작가의 『공부머리 독서법』 목차 일부분이다.

제1장. 초등 우등생 90%는 왜 몰락하는가?

· **공든탑도 무너진다.**

· **왜 중학생만 되면 성적이 떨어질까?**

· **교과서가 어려워요**

우등생이던 아이들이 중학생이 되면서부터 성적이 떨어지기 시작했다. 왜 그렇지? 그 궁금증에서 시작된 연구가 한 권의 책으로 만들어졌다. 즉, 경험이 책으로 만들어졌다. 천착의 시간을 한 권의 책으로 담기란 쉬운 일이 아니다. 다만 완벽하게 딱 맞아떨어지는 제목으로 그 시간을 압축시켰다.

왜 중학생만 되면 성적이 떨어질까?

그 뒤에는 '나는 아이들을 가르치는 강사라서 그 이유를 알고 있다'는 의미도 함께 숨겨져 있다. 책 제목이 『공부머리 독서법』이기 때문이다.

"공부머리를 만드는 독서법은 따로 있다. 방법이 궁금한가? 내가 알려주겠다."

보기만 해도 끌리는 제목이지 않은가?
완벽한 제목과 목차가 만들어지는 순간, 관련된 정보를 어느 정도 모은 순간, 하루에 20장 초고는 쉽게 만들어진다. 오랫동안 글을 써온 사람은 하루에 20장이 아니라 40장의 글도 써낼 수 있다. 누구나 익숙한 일은 쉽게 할 수 있는 법이다. 무엇이든 알면 쉽고, 모르면 어렵다.

무슨 책을 쓰게 되던지 작가는 마음을 들여서 쓸 필요가 있다. 초고 20장, 30장은 어디까지나 훈련을 통한 발전 가능성을 이야기하는 것일 뿐, 원고의 깊이나 질과 직결되는 부분은 아니다. 중요한 건 게으름 없는 꾸준함이다.

좋은 원고는 좋은 원고를 쓰기 위한 노력을 기울인 사람에게 주어진다. 탁월한 책을 쓰기 위한 노력을 게을리하지 않는다면 지금보다 훨씬 더 만족스러운 책을 쓸 수 있을 것이다.

퇴고! 버릴수록 채워진다

책은 세계를 담고 있다.

작가의 마음에 담긴 지적인 세계, 풍부한 예시와 경험을 통한 가치의 세계, 변화를 불러일으키는 성장의 세계를 담고 있다. 책은 최소한의 비용으로 최대한의 효과를 볼 수 있는 가장 완벽한 형태의 교사라고 할 수 있다.

첫 번째 저서 『교육의 힘』이 무사히 출간되었다. 두 번째 저서 『초격차 독서법』도 계약이 되었다. 무척 기뻤다. 나도 책을 쓸 수 있구나 하는 믿음이 생겼다. 내가 책을 출간한 작가가 되자 부모님은 기뻐하셨고 아내는 카카오톡 프로필 사진으로 등록해놨다. 앞에서 이야기했듯이 학습지 교사로 근무하던 중에 첫 책이 출간되었다. 책이 출간된 뒤 단 한 번도 불평 전화나 항의 전화를 받지 않았다. 그만두 겠다는 연락도 없었다. 작은 문제가 생길 때마다 불만 전화가 걸려 오는 학습지 기관이었기에 책 출간의 파급력은 컸다. 여기저기 출간 소식을 퍼나르느라 정신없었고 지인이 만들어준 프로필 사진도 많이 써먹었다. 하지만 두 번째, 세 번째 책이 계약되기까지의 과정은 녹록지 않았다.

첫 책이 출간되면서 욕심이 생겼다. 두 번째 원고를 쓰고 세 번째 원고도 쓰기 시작했다. 그러나 번번이 퇴짜를 맞았다.

"저희 출판사랑 방향이 맞지 않아..."
"저희 출판사랑 방향이 맞지 않아..."
"저희 출판사랑 방향이 맞지 않아..."

외울 지경이었다.

첫 책 출간 이후에 용기를 얻었다. 꾸준히 원고를 썼다. 하지만 계약하자고 연락 오는 출판사는 없었다. 아내가 첫째 아이를 가지게 되면서 마음이 자주 싱숭생숭했다. 혹시 모르니 돈이나 많이 벌어야

겠다 하는 생각에 이것저것 기웃거렸다.

그러나 아내를 포함한 주변 사람들의 반응은 전혀 달랐다. 쓸데없는 소리나 하고 있다는 거였다. 한 우물을 깊게 판 사람들이 성공을 하지, 지금 좀 어렵다고 이것저것 들쑤시지 말라고 핀잔을 주었다. 아내는 계속 책을 쓰라고 권했다. 새벽 4시에 일어나서 책을 읽고, 기도하고, 다시 노트북을 폈다.

『초격차 독서법』 원고를 완성하는 데 3달이 걸렸다. 쓰긴 진작에 다 썼다. 한 달 조금 더 걸렸다. 퇴고가 문제였다. 300페이지 분량을 썼는데 1차 퇴고를 하는 동안 페이지마다 죽죽 비가 내리더니 급기야 절반 이상을 통째로 버렸다. 출판사에서 연락이 없었던 이유를 알 수 있었다.

퇴근 후 조용한 서재에 앉아서 퇴고를 했다. 거듭할수록 문장은 아래와 같이 매끄러워졌다.

원문 : 오늘 학교에서 친구랑 놀다가 싸워서 기분이 안 좋았는데, 집에 오니 맛있는 게 있어서 기분이 좋아졌다.

1차 퇴고 : 학교에서 친구랑 싸워서 기분이 좋지 않았다. 그런데 집에 오니 맛있는 게 있어서 기분이 좋아졌다.

2차 퇴고 : 친구랑 싸워서 기분이 좋지 않았다. 집에 오니 맛있는 게 있었다. 그래서 기분이 좋아졌다.

3차 퇴고 : 친구랑 싸웠다. 하루 종일 울적했다. 그럴 땐 맛있는 게 최고지.

4차 퇴고 : 친구랑 싸웠다. 떡볶이 먹는 날이다.

5차 퇴고 : 친구랑 싸웠다. 떡볶이나 먹어야지.

4차 퇴고와 5차 퇴고 사이에는 미묘한 감정선이 존재한다. 4차 퇴고에서 '떡볶이 먹는 날이다'라는 말에는 '기분이 좋지 않거나 울적할 때는 떡볶이를 먹는다'라는 의미가 담겨 있다. 그러나 5차 퇴고에서 이야기하는 '떡볶이나 먹어야지'라는 말은 약간 의미가 다르다. 기분이 좋지 않거나 울적할 때 먹는다는 의미는 같다. 다만 '먼저 사과하는 게 맞나? 내가 잘못한 것도 아닌데. 에라, 모르겠다. 떡볶이나 먹어야지' 하는 의미가 담겨 있다.

내 퇴고가 정답은 아니다. 하지만 위대한 작가들의 책에서 공통점을 발견했고, 그들의 공통점을 롤 모델로 삼았다. 그들의 공통점은 이것이다.

쉽다.

첫 책 출간 이후, 펴놓고 5번을 넘게 읽었다. 왜 이런 말을 넣었지? 여기 이건 빼도 되는 말인데. 그 생각을 수백 번도 더했다. 두 번째 책은 최대한 쉽게 쓰려고 노력했다. 주제가 쉽진 않았다. 두 번째 책마저 설익은 밥이 되고 싶지 않았다. 쉽게 쓰기 위해 7번 넘게 퇴고했다. 5번째 퇴고를 마치고 인쇄해보니 목차를 잘못 썼다. 그럼 그렇지.

원고를 투고한 그날, 어느 출판사에서 연락이 왔다.

"혹시 책 쓰기 강좌를 들으신 적이 있으신지요? 아주 잘 쓴 원고입니다."

책 쓰기는 쉽다.
하지만
퇴고가 어렵다.

완벽한 글을 만드는 퇴고 노하우

완벽한 글을 만드는 퇴고 노하우. 제목이 멋지지 않은가? 아마 이 글을 읽고 나면 여러분들의 글은 완벽에 가까운 문장으로 바뀔 것이다. 정말이다.

이제 완벽에 가까운 퇴고 노하우를 알려주겠다. 답은 이것이다.

7번 퇴고하라.

7은 완벽한 숫자다. 완벽에 가까운 퇴고를 위해서는 7번이 기본이다. 7번 정도 반복해서 읽으면서 퇴고하고 나면 거친 문장이 제법 세

런되게 바뀐다. 7번의 퇴고는 세계적인 작가에게도 반드시 필요한 과정이다.

"여보, 이게 뭐예요? 완전히 쓰레기 원고네요."
"맞소. 지금은 쓰레기요. 하지만 일곱 번째 수정 원고가 나오면 달라질 테니 조금만 기다려보시오."

노벨문학상 수상 작가 조지 버나드 쇼 George bernard shaw와 아내가 나눈 대화다.

7번의 퇴고는 단순하고 정확한 문장을 만드는 과정이다. 그렇다고 7번째를 기점으로 우둘투둘한 초고의 표면이 유리구슬처럼 매끈매끈하게 바뀐다거나, 7번의 퇴고 그 자체가 무슨 대단한 능력을 갖고 있다는 말은 아니다. 나는 개인적으로 5번의 퇴고를 거치고 나면 더 이상 손볼 만한 구석을 찾지 못했다. 마음에 들거나 완벽한 글이 나와서가 아니라 능력의 한계를 만났기 때문이다. 5번의 퇴고를 거치고 나면 그 이상의 좋은 글은 능력 밖의 일이라는 느낌이 들었다.

나머지 2번의 퇴고는 다시 한번 오타를 점검하고 세밀한 부분을 확인하는 단계에 불과하다. 그사이에 더 좋은 문장이나 첨삭할 부분을 찾는 일도 한다. 독서와 책 쓰기를 반복하다 보면 퇴고를 통한 가

다듬기의 수준 역시 올라가기 마련이다. 자료수집과 문장의 단순화, 불필요한 형용사와 수식어를 첨삭하는 과정을 통해 글은 더 좋아지고 내용도 단순해진다. 기본적으로 7번의 퇴고를 거치면 '내가 할 수 있는 한, 가장 완벽한 문장'이 나오게 되어 있다. 사실상 퇴고는 끝이 없는 일이다. 완벽해짐을 바라보고 반복해야 한다.

책 쓰기는 누구나 할 수 있다. 수백만 원이 넘는 책 쓰기 강의를 듣지 않아도 지혜로운 마음을 가진 사람이라면 금방 책 쓰기를 배울 수 있다. 그러나 퇴고는 한계가 없다. 7번으로도 만족하지 못한다면 70번, 700번도 해야 하는 게 퇴고다. 책으로 인쇄되어 나오기 전까지 퇴고는 끝이 없다. 탈고는 「계약 시점」이 아니라 「인쇄 시점」인 것이다.

한 권의 책을 쓰는 데 있어서 제목, 목차, 구성, 타깃, 마케팅 어느 것 하나 중요하지 않은 것이 없다. 책은 본연의 특성상 의식의 확장과 사색의 도구로서의 가치가 있는 상품이다. 내용이 정확하지 못하고 깊이가 없으면 상품 가치는 떨어진다. 그래서 퇴고는 글쓰기에 있어서 가장 중요하다. 퇴고가 되지 않은 원고는 책으로서의 가치가 전혀 없다.

1차 원고는 오랜 시간이 걸리지 않는다. 얼개를 짜는 데 걸리는 시간은 길지 않아도 된다. 핵심만 짚으면 된다. 평소에 꾸준히 주제를 연구하고, 메모하는 습관을 들이는 것이 좋다. 책을 쓰려는 사람들은 항상 관찰자의 시선으로 주변을 둘러볼 수 있어야 하기 때문이다. 이후에는 곰곰이 생각하는 과정이 필요하다. 깊고 세밀한 퇴고가 필요하다.

곰곰이 생각하고 난 이후, 어느 정도 원고가 완성되었다 싶을 때 출판사에 조심스레 출간 의뢰를 할 수 있다. 출판사에 근무하는 사람들은 하루에도 수많은 원고 투고를 받는다. 사업성, 문맥의 구성, 타기팅, 작가의 가치관과 철학까지 원고만 보고도 금방 알 수 있는 사람들이다. 어떤 것이 눈에 잘 들어오는 책인지 쉽게 파악할 수 있는 능력도 있다. 내가 보기에 아무리 완벽해 보이는 글이라 해도 그들은 빠르게 문맥을 짚어낼 수 있다. 얼기설기 엮은 글인지, 프로의 글솜씨를 가지고 있는지 한눈에 파악할 수 있다.

19살의 어느 학생과 이야기를 나눈 적이 있었다. 학교가 싫어서 자퇴를 했단다. 그리고 근래 어려운 일이 있어서 상담을 받고 싶다면서 이렇게 이야기했다.

"제 생각에 의한 게 없어서 할 수 있는 게 없어요. 저에 대한 존재가 자각이 되면서 뭘 해야 하는데, 아무것도 하기 싫을뿐더러 너무 무서워요. 재작년부터 너무 무서웠어요. 고등학교를 다니면서 세상에

눈을 떴다랄까? 그땐 많이 외로웠거든요. 근데 지금은 아니에요."

나는 학생의 말을 듣고 이렇게 이야기했다.

일목요연하게 정리해서 알려주세요.

때로 우리는 아무런 생각 없이 이야기할 때가 있다. 그냥 쉽게 이야기하면 되는 것을 어렵게 이야기하고, 솔직하게 '좋다, 싫다' 이야기하면 되는 것을 빙빙 돌려서 이야기한다. 글을 쓰는 사람들도 그런 오류를 범할 때가 있다. 책을 쓰기 위한 기본적인 자료 확보가 되어 있는 상태에서 느낀 대로, 아는 대로만 글을 쓸 수 있다면 한 권의 책으로 묶어내는 것이 그렇게 어렵지 않다. 퇴고를 거치면 되기 때문이다. 그러나 책을 쓰기에 앞서 글쓰기가 먼저 되어야 한다.

『초격차 독서법』 초고를 완성한 이후의 일이다. 1차 퇴고 때 절반을 통째로 버렸다. 두 번째 퇴고 때는 한 챕터 분량을 통째로 버렸다. 더 이상 버릴 곳이 없다고 여길 때쯤 마무리했다. 6번째 퇴고를 마친 직후였다. 7번째 퇴고를 하면서 비로소 어느 정도 마무리되었다. 물론 완성본이라는 말은 틀린 말이다. 글쓰기의 실력이 지금보다 더 출중해지면 7번 퇴고를 거치면서도 보지 못했던 미숙함이 보일 것이다.

글은 성장한다. 쓰다 보면 실력이 는다. 그러나 잘라내야 할 부분은 잘라낼 필요가 있다. 아무리 잘 쓴 원고라고 해도 출판사 직원의 눈에는 으레 볼 수 있는 감정이 많이 들어간 글인 경우일 수도 있다. 초고는 빨리 쓰자. 빠르면 빠를수록 좋다. 한 달 안에 완성하면 금상 첨화다. 다만 어니스트 헤밍웨이의 말처럼 '모든 초고는 걸레'라는 사실을 깨닫고 시작하는 게 좋다. 책은 마음을 닦는 도구다. 걸레로 마음을 닦을 수는 없는 노릇 아닌가?

MEMO

03 출판에서 계약까지

당신에게 맞는 출판사는 따로 있다

얼마 전 일이다. 원고를 투고하기 위해 출판사를 알아보고 있었다. 그러다 여성 대표가 운영하는 1인 출판사를 알게 되었다. 다른 출판사에서 근무하다가 독립해서 출판사를 설립하신 분이었다. 원고를 투고하기 위해 전화를 드렸다.

"여보세요?"

"네, 안녕하세요. 혹시 ○○출판사…"

"네."

"원고 투…"

"메일로 보내세요."

"메일주소를 알 수 있을까요?"

"문자로 드릴게요. 뚝."

그리고 이렇다 할 말도 없이 바로 전화를 끊었다.

출판사는 제조업이다. 실력이 중요하다. 워낙 바빠서 그럴 수도 있겠다 생각했다. 문자로 메일 주소가 왔길래 그 주소로 다시 메일을 보냈다.

"제목이 이러이러한데 검토를 부탁드립니다. 바쁘신 와중에 확인해 주셔서 감사드립니다."

메일을 보냈으나 답장이 없었다. 수신확인을 해보니 읽었다는 표시는 되어 있었다. 그리고 1주일가량 지난 뒤 메일을 받았다. 아래는 답장 내용 전문이다.

발신 : ○○출판사 대표 ○○○

보내주신 원고를 검토해보았습니다만, 저희 ○○에서 출간할 수 없다는 말씀 전합니다. 참고로 원고를 검토하기 전 기획안이 있으면 출판사에서 원고를 파악하는 데 도움이 될 것입니다. 1~2 페이지 정도의 기획안에는 책의 컨셉, 차별성(장점), 기획 의도, 독자 타깃, 저자 소개 등을 정리하여 원고의 장점을 정확하게 전달해야 합니다. 기획안에서 관심을 끌어야 편집자를 설득할 수 있습니다.

○○○○에서는 주로 인문, 교양과학 등을 기획하고 또 출간 일정이 밀려 있어서 새로운 기획을 적극적으로 검토하지 못하고 있습니다. 건투를 빕니다.

나는 이 출판사에서 출간한 책 리스트를 찾아봤다. 최신 출간된 신간, 리뷰가 많이 달린 책 리스트, 출판사와 연관된 작가 리스트까지 찾았다. 그리고 그 출판사에서 출간된 책 대부분은 내가 투고한 원고와 방향이 다른 책들뿐이라는 것을 발견했다.

출판사가 다 똑같지 다른 게 있는가, 이렇게 생각하는 분들이 있는지 모르겠다. 나도 그렇게 생각했다. 몇 권의 책을 출간하고 또 앞으로도 꾸준히 책을 쓸 계획을 가지고 있는 지금은 출판사를 고르는 데도 많은 시간을 들이고 고민을 하는 게 사실이다.

출판사는 제조업이다. 상품을 제조해서 유통하고 판매한다. 종합 제조업인 셈이다. 괜찮은 원고도 골라야 하고 원고 마감 기일도 맞아야 한다. 디자인, 출간, 홍보, 유통까지 담당한다. 쉽지 않은 업종이다. 그만큼 출판사에 근무하는 분들의 노고도 만만찮다는 걸 느낀다. 처음엔 그런 세계를 몰랐다. 그러다 원고를 써서 투고하고, 미팅을 가지고, 조건을 이야기하며 계약하는 과정에서 많은 걸 배웠다.

출판사 입장에서는 원고의 독창성이 중요하다. 그렇기 때문에 작가는 여러모로 고심을 해야 하는 게 맞고, 출판사가 요구하는 요구조건에 부합할 만한 기획서와 자료를 준비해야 한다. 원고 투고를 줄기차게 해야 하는 초보 작가인 경우에는 출판사에서 하는 이야기들을 귀담아들을 필요가 있다. 출간에 관해서 만큼은 출판사 관계자들이 프로이기 때문이다. 원고에 대한 비판이나 피드백은 겸허하게 받아들일 필요가 있다.

한국 출판문화산업진흥원이 발표한 2017년 출판산업 동향에 따르면 한국에 등록된 출판사의 수는 53,574개(2016년 기준)에 달하며 그 수는 매년 3,000곳씩 증가하고 있다고 한다. 하지만 출판관계자에 따르면 실질적으로 책을 출간하고 서점에 판매하는 출판사들은 몇백곳 정도 밖에 안된다고 한다. 이는 책을 출간하려는 예비 작가들에게 많은 의미를 시사해주고 있다. 모든 사람이 나와 맞을 리는 없다. 나와 맞는 출판사를, 무엇보다 좋은 출판사를 만나는 게 무척 중요하다는 말이다.

다음은 국내 최대 규모의 출판사 답장 메일이다.

발신 : ○○출판사 편집국장 ○○○

전준우 선생님께.

전준우 선생님, 안녕하세요.

귀한 원고를 보내주시고, 검토할 기회를 주신 것, 감사드립니다.

기본적으로 투고원고에 대해서 여러 팀이 일독하고 의견을 정리하는지라 검토하는 데에 한 달 정도의 시간이 걸립니다.

빠른 시일 내에 답변을 받고 싶어하실 것은 잘 알지만 출간을 결정하기까지 많은 논의와 고민을 거치는 출판사의 상황을 양해해주시면 진심으로 감사하겠습니다.

그럼, 검토하고 결과를 정리해서 다시 연락드리겠습니다.

○○출판사

편집국장 ○○○ 드림

계약으로 이어지진 않았다. 원고의 독창성이 없었고 무엇보다 무척 미흡한 원고였기 때문이다. '검토의 기회를 주셔서 감사드립니다' 한 마디가 없었더라면 지금의 내가 없었을지도 모른다.

한 권의 완성된 작품이 세상의 빛을 보기까지 오랜 시간이 필요하다. 지겹고 힘든 퇴고의 과정을 거쳐서 한 권의 책이 완성된다. 그리고 그런 과정을 이겨낸 사람들은 무수하게 많다. 그 많은 사람들이 보내는 수백 개의 원고를 매일 받고 일일이 답장을 보내야 하는 곳이 출판사다. 국내 최대 규모의 출판사, 이름만 들으면 아는 그런 출판사, 수많은 베스트셀러 작가들의 작품을 찍어내는 그런 출판사에서 내게 '기회를 주셔서 감사하다'고 이야기한다.

아래는 다른 대형 출판사에서 받은 메일이다. 출판사의 대표는 유명한 시인이자 작가다.

발신 : ○○출판사 편집부

전준우 님, 안녕하세요?

○○출판사입니다.

저희 출판사에 관심을 가지고 원고를 보내주셔서 감사드립니다.

보내주신 원고는 감사히 잘 보았습니다.

하오나 내부에서 검토 결과, 저희 출판사와 성격이 조금 다른 것 같아 출간은 어렵겠습니다.

성격이 맞는 출판사에 투고해보시길 권해드립니다.

만족스러운 답변을 드리지 못해 송구스럽게 생각하고요,

다음번에 다른 기회로 또 만나뵙게 되기를 희망합니다.

감사합니다.

○○○출판사 편집부

원고가 나쁘지 않았고 주변의 반응도 괜찮았다. 하지만 출판사에서는 하루 만에 출간은 어렵다는 거절의 답장이 왔다. 에세이와 시를 출간하는 출판사인 것을 나중에 알았다. 마음은 아팠지만, 한편으로는 감사했다. 빠른 답장이 온 걸 보니 작은 가능성은 있구나 생각했다.

그래서 출간된 책이 『초격차 독서법』이다. 출간을 진행하신 편집국장님은 "너무 잘 쓰셨습니다. 젊은 분이 어쩜 이렇게 글을 잘 쓰십니까? 조금만 다듬으면 정말 훌륭한 원고가 되겠습니다" 하고 칭찬을 아끼지 않으셨다. 그리고 절반에 가까운 부분을 수정하는 데 도움을 주셨다. 원고가 좋아서라기보다 사람을 얻기 위한 격려였음을 이제는 안다. 출판사의 격려가 없었더라면 출간되지 않았을지도 모를 책이었다.

· 거절의 경험이 많아질수록 더 좋은 원고를 써서 투고한다.
· 출판사는 섬세한 배려로 작가를 보듬는다.
· 다시 용기를 얻어서 글을 쓴다.
· 책으로 출간된다.

결국 좋은 원고는 나와 맞는 출판사, 좋은 출판사를 통해서만 출간이 되는 선순환이 반복되는 게 아닐까.

출판사의 거절을 두려워하지 않아도 된다. 부드럽게 거절하는 출판사는 좋은 원고를 기다릴 뿐이다.

평생 무명작가는 없다. 작가가 되고 싶다는 생각 자체가 다른 사람들과 다른 삶을 살겠다는 말이다. 평범하지 않은 삶을 살고 싶다는 결심을 한 사람을 세상이 가만히 두고 보진 않는다. 좋은 출판사는 좋은 출판사의 모습이 있고, 성장하는 출판사는 성장하는 출판사의 모습이 있다. 좋은 출판사는 많이 있다. 그렇지 않은 출판사도 많이 있다. 출간 방향이 맞는 출판사를 찾는 것도 중요하지만 좋은 출판사의 좋은 분들을 만나서 원고를 쓰다 보면 더 좋은 원고와 더 좋은 책이 나오지 않을까 생각해본나. 종이에도 생명이 있다는 마음으로 좋은 책이 세상에 나올 수 있도록 따뜻한 마음으로 책을 쓸 필요가 있다.

투고하기에 앞서 준비해야 할 5가지

출판사를 고를 때에는 몇 가지를 고려할 필요가 있다. 단순히 잘 쓴 원고만 보낸다고 해서 출판사에서 출간해주지는 않는다. 나보다 독특하고 탁월한 원고를 쓰는 사람은 세상에 많다. 출판사에 대한 작은 배려, 작은 친절이 원하던 출간의 기쁨을 맛볼 수 있게 해준다고 믿는다.

원고의 성격에 맞는 출판사

소는 고기를 먹지 않는다. 사자도 풀을 먹지 않는다. 출판사마다 원하는 원고의 유형이 다르다는 말이다. 아무리 많은 출판사에 원고를 투고해도 출판사와 성격이 맞지 않으면 출간은 어렵다. 어떤 곳은 학습지를 출간하고, 어떤 곳은 시와 에세이만을 출간하는 곳도 있다. 또 어떤 곳은 교양 과학이나 사회인문학만을 중점적으로 출간하기도 한다. 그러므로 내가 원하는 방향과 일치하는 출판사에 원고를 투고해야 한다.

종종 예외인 경우도 있었다. 교양 과학 서적을 출간하는 출판사였는데 재정적 어려움으로 인해 다른 분야로 방향을 바꾼 경우다. 인문 교양서적을 전문으로 하는 곳이었으나 교양 과학 분야 서적을 출간하는 곳도 있었다. 물론 예외적인 경우다. 대부분 한 우물을 파기 마련이다. 그리고 그런 곳이 깊은 진문성을 갖고 있다. 처음에 아무것도 모를 때에는 아무 데나 투고했다. 번번이 퇴짜를 맞았다. 원고의 수준은 둘째 치고 엉뚱한 출판사에 원고를 보냈다. 소는 고기를 먹지 않는다는 걸 그때 알았다.

완벽한 출간계획서

출간 계획서 혹은 출간 제안서라고 불리는 이 자료는 출판사에 투고하기에 앞서 가장 신경을 많이 써야 하는 내용 중 하나다. 반드시 탁월한 결과를 만들어내고야 말겠다는 자세, 겸손함 그리고 수준 높은 완성도를 자랑하는 계획서를 보내야 한다. 오타는 없는지, 자료는 명확한지, 누가 보더라도 한눈에 들어올 만큼 괜찮은 결과물인지, 독창성과 시장성이 있는지 확인한다. 출간하기 전 출간 계획서는 완벽해야 한다. 출판사에서 깜짝 놀랄만한, 거절할 수 없을 정도의 완벽한 출간 계획서를 작성해야 한다.

출판사는 봉사 단체가 아니다. 상명하복의 규칙이 존재하는 기업이며 어엿한 회사다. 내 직장 상사가 거기에 없을 뿐이다. 자신이 할 수 있는 최선의 노력을 다해서 완벽에 가까운 출간 계획서를 만들어야 함은 당연하다.

잘 쓰여진 완성된 원고

출판사에 완성된 원고를 보내야 하는 이유가 있다. 완성된 원고라는 말속에는 기준이라는 의미가 숨어 있다. 그 안에는 작가의 필력, 가치관, 성격, 책을 대하는 자세, 사회적 위치, 모든 것이 다 들어 있다. 사람은 처음 만난 지 3초 만에 그 사람에 대해 대략적인 파악을 할 수 있다고 이야기하지 않던가? 헤어스타일, 넥타이의 색깔, 구두, 셔츠의 깃과 재킷, 구두 색깔 등으로 대략적인 성향을 판단할 수 있기 때문이다.

책도 마찬가지다. 3초 만에 파악할 수 없다는 게 다를 뿐 완성된 원고를 훑어만 봐도 작가의 수준을 알 수 있다. 그 수준이 출판사에서 원하는 기준에 부합하는지 그렇지 않은지를 알 수 있다. 그래서 반드시 완성된 원고가 필요하다. 필력은 둘째 문제다. 목차만 보고도 계약할 수 있는 단계는 일정 수준에 다다랐을 때의 일이다.

어떤 기준을 세울 것인가?

출판사마다 기준이 있다. 쉽게 이야기하면 두 가지로 나뉜다.

잘 팔릴 것 같은 원고
그렇지 않을 것 같은 원고

이 두 가지를 보고 출판사에서는 작가와 관계를 맺는다. 출판사는 책을 만드는 곳이다. 책으로 만들어도 아쉽지 않을 정도로 잘 쓰인 원고를 출간하는 곳이 출판사다. 물론 절망할 필요는 없다. 여기에는 아주 중요한 두 가지 요점이 있기 때문이다. 처음부터 글을 잘 쓰는 사람은 없다는 것, 잘 팔릴 것 같은 원고를 쓰면 된다는 것 두 가지다.

예의 바른 투고 인사말

나는 고향이 경북 안동이다. 대학을 졸업할 때까지 안동에서 살았다. 부모님은 엄한 분들이 아니셨지만, 예의가 없는 걸 무척 싫어하셨다. 나도 마찬가지다. 예의 없는 사람을 좋아하지 않는다. 처음 원고를 투고할 때도 아래와 같이 최대한 예의 바르고 간략하게 인사하려고 노력했다.

발신 : 전준우

안녕하세요.

전준우라고 합니다.

원고 투고입니다.

제목은 〈○○○〉입니다.

검토를 부탁드립니다.

감사합니다.

80개가 넘는 출판사에 원고를 투고했음에도 답장은 오지 않았다. 기껏 돌아온 답장들도 '원고의 방향이 맞지 않아서 출간하기 어렵다' 라는 내용이었다. 투고한 지 30분 만에 많은 출판사에서 출간 제의가 들어온다는 사람들은 도대체 뭔가 싶었다. 믿어지지 않았다. 어떻게 출간 제의를 한 지 20~30분 만에 출판사에서 출간 제의가 올 수 있다는 말인지 이해가 되지 않았다. 어느 순간 해답을 발견했다. 투고 인사말을 수정하고 난 뒤 50개 출판사에 투고하면 5곳 이상 출판사에서 출간 제의가 들어오기 시작했다.

출판사는 무척 바쁜 곳이다. 수많은 원고가 매일 출판사의 이메일로 날아온다. 그러나 출판사 관계자의 눈높이에서 투고 인사말을 적는 사람들은 드물다. 마치 '나는 예의 없는 사람을 무척이나 싫어하

기 때문에 최대한 단순하고 친절하게 인사말을 적겠다'라는 내 생각
처럼 말이다. 관점의 차이를 느끼지 못하면 출판사의 눈길을 잡아끌
지 못한다.

마샬 맥루한Marshall mcluhan의 말처럼 "훌륭한 커뮤니케이터는 상대
의 언어를 사용한다" 친절한 것은 좋다. 상대를 배려하는 자세도 좋
다. 아무렴! 그러나 출판사는 내가 보낸 '예의 바르나 못해 아무런 감
정을 느낄 수 없는 밋밋한 투고 인사말'처럼 마냥 친절한 원고와 투
고 인사를 기다리지는 않는다. 섬세하게 마음을 이끌어내는 관심을
끌 만한 인사말과 원고를 기다린다.

최선을 다하겠다는 작가의 의지

책이 갖는 파급력은 무시할 수 없다. 꾸준한 노력과 자기관리만
할 수 있다면 책을 출간하면서 할 수 있는 일은 무궁무진하다. 첫 책
을 출간하면서 내게는 스스로에 대한 약속이 있었다. 다음과 같다.

스테디셀러 작가가 되겠다!

처음부터 대단한 판매량을 기대하지는 않았다. 다만, 최선을 다해
서 글을 쓰다 보면 인생에 남을 작품이 만들어질 것이라고 생각했
다. 나이가 들어서 읽어도 부끄럽지 않을 그런 책, 그럼 꾸준히 팔려

나갈 수 있을 것이라고 믿었다.

첫 책을 출간하고 난 뒤 〈저자 강연회〉와 〈학부모를 위한 자녀 교육 강연회〉를 개최한 적도 있다. 브런치, 블로그, 페이스북 등등 활용할 수 있는 모든 SNS에 책을 홍보했고 모교에 강의 제안서를 넣어서 계획하기도 했다. 돈이 되거나 대단한 성과를 낸 것은 아니었다. 강연 자체를 거절한 곳도 있고 답장조차 없는 곳도 있었다. 어떤 커뮤니티는 책을 홍보하는 곳이었는데 250개의 댓글을 달아야 정회원이 되는 곳도 있었다.

책은 내 마음을 담은 그릇이며 분신과 같다. 자식이 태어나면 기저귀를 갈아주고, 밥도 먹이고, 자장가도 불러준다. 성장시키기 위한 것이다. 작가도 마찬가지다. 끊임없이 나를 알리는 작업이 필요하다. 출판사에서 모든 마케팅을 할 수는 없다. 출판사에서는 마음을 함께 할 수 있는 작가를 찾는다. 거기에 동참할 마음을 갖자. 출판사만 좋은 게 아니다. 결과적으로 나를 성장시키는 기회다.

출간 제안서, 나는 이렇게 준비했다

출간 제안서는 책의 본질을 담는 일이다. 기획서다. 출판사는 모든 원고를 다 보지 않는다. 출간 제안서가 얼마나 완벽한지를 본다. 출간 제안서를 보고 가망성 있는 원고인지 아닌지를 확인한다.

한 번씩 서점 탐방을 간다. 수많은 책이 있다. 남들이 먼저 사갈까 봐 얼른 집어오는 책이 있는 반면, 몇 장 뒤적거리다가 제자리에 놓는 책도 있다. 일개 독자 수준에서도 책을 고르는 눈이 그러할진대 수많은 원고를 접하는 출판사 관계자들이 원고를 보는 눈은 얼마나 탁월하겠는가?

무역회사에서 근무할 때 있었던 일이다. 하루는 보고서를 만들 일이 있었다. 워드 파일로 깔끔하게 만들어서 부장님께 결제를 받으러 갔다. 원고를 한번 쳐다 보시더니 이야기하셨다.

"잘했네. 내용도 좋고 신경을 많이 썼어. 근데 글자 크기가 너무 작다. 조금 키워서 다시 인쇄해보지."

상대방의 시력을 고려하지 않고 기본 글자 크기로 인쇄한 것이었다. 글자를 크게 해서 인쇄한 뒤 다시 결제를 받으러 갔다. 다시 보시더니 이야기하셨다.

"네모 칸을 만들어서 제목을 넣으면 좋겠고, 여기는 연한 색깔이 있는 음영을 넣어서 구별해주면 좋겠어. 한눈에 들어오려면 안에는 점선으로 넣으면 보기가 편해. 한 번 더 정리해보면 좋겠네."

부장님이 지시한 대로 다시 만들어서 가져갔다. 다시 보시더니 이야기하셨다. 제목이 너무 커서 부담스럽단다. 그날 5번 넘게 수정을 한 뒤 보고서를 완성했다. 나중에 사장님은 "이 보고서 누가 만들었노? 참 마음에 든다" 하고 칭찬하셨다.

오래전 기억을 군이 끄집어내어 이야기하는 이유는 한 가지다. 완벽에 가까운 제안서를 만들기 위해서는 무수히 많은 퇴고와 점검이 필요하다는 것을 강조하기 위해서다. 완벽을 기해야 하는 필요성을 누차 강조하는 이유는 탁월한 원고를 골라내는 출판사 관계자들에게 나의 원고가 가진 장점을 한눈에 이해할 수 있도록 설득해야 하기 때문이다.

스스로 더 이상 좋은 원고를 쓰기란 어렵겠다는 시점이 왔을 때 원고를 투고한다. 그때 출간 제안서가 필요하다. 아무리 좋은 원고를 써도 출간 제안서가 없거나 원고에 대해 이렇다 할 설명이 없으면 출간은 어렵다. 아무리 완벽한 원고를 써서 수십 번 퇴고를 기쳤다 해도 출간이 거절되는 경우도 생긴다. 작가 누구나 '베스트셀러를 꿈꾸는 원고'를 쓰고 완벽에 완벽을 기하여 투고하기 때문이다. 그래서 출간 제안서로 내 책의 확실한 주제를 일목요연하게 정리해서 출판사에 알려줄 필요가 있다.

출간 제안서는 양식이 없다. 이렇다 할 규칙도 없다. 그래서 한눈에 쉽게 파악할 수 있도록 만드는 게 가장 좋다. 일부 출판사에서는 출간 계획서 양식을 내부적으로 규격화하는 경우도 있다. 출판사 홈페이지로 직접 투고 원고를 받기도 한다. 어떤 경우에서건 출판사 관계자들이 가장 쉽게 원고의 특장점을 파악할 수 있도록 만드는 게 가장 좋다. 일반적으로 출간 제안서에는 다음과 같은 내용이 들어간다.

- 제목
- 목차
- 기획의도
- 마케팅
- 저자의 이력
- 출판희망일
- 예상판매부수

처음에 출간 제안서를 만들어놓고 5번이 넘게 검토하고 수정했다. 그런데 반응이 영 좋지 않았다. 원고의 독창성과 작가의 인지도 부족이 가장 큰 원인이었겠지만 엉성한 내용, 중언부언하는 듯한 제안서도 한몫했을 것이다. 거절과 수정 횟수가 많아질수록 제안서가 가진 문제점을 더 많이 발견할 수 있었다. 깔끔하고 확실하게 타깃을 잡지 않는 이상 출간은 어렵다는 것을 알았다. 다행히 노력을 통해 충분히 다듬을 수 있는 부분이었다. 다양한 시도를 해보면 계속해서 더 나은 결과물이 나온다는 것, 경험을 통해 알고 있었다.

첫 번째 출간 제안서 이후에 새로 제안서를 만들었다. 다음은 내가 이후 출판사에 원고를 투고할 때 실제로 사용했던 계획서의 일부분이다.

내가 만든 출간 제안서는 어디까지나 예시에 불과하다. 모든 출판

사에서 긍정적인 반응을 보인 것은 아니기 때문이다. 어떤 출판사에서는 "너무 복잡하네요. 한눈에 들어올 수 있게 만들어주세요" 하고 이야기했고, "제안서도 좋고 다 좋은데, 원고 내용이 좀 부족합니다" 하고 이야기하며 출간을 거절하기도 했다. 인연이 되는 출판사는 따로 있다는 것도 그때 알았고 반드시 제안서는 효과적이어야 한다는 것도 깨닫게 해준 경험이었다.

출간 제안서를 출판사에 보내는 것은 처음 보는 사람과 함께 따뜻한 밥을 먹는 것과 같다. 잘 차려진 밥상은 보는 사람으로 하여금 저절로 군침이 돌게 만든다. 잘 만들어진 원고와 출간 제안서를 투고하는 작업은 출판사 관계자와 함께 밥을 먹는 것과 같다. 첫 느낌이 무척 중요하다.

글쓰기 실력은 한눈에 휙휙 달라지지 않는다. 많은 시간과 노력이 필요하고 꼼꼼하게 원고와 제안서를 돌아볼 수 있는 작가의 감각도 동반되어야 한다. 글쓰기는 다른 어떤 일들보다 꾸준한 성실성을 요구한다. 글쓰기와 책 쓰기는 눈에 보이지 않는 성장을 이룬다는 점에서 무척 가치있는 일이기도 하다.

다듬을 수 있는 기회를 찾는 눈이 발달한다는 것은 매일 쓰는 글이 꾸준히 좋아지고 있다는 말이다. 불과 3개월 전에 만들어둔 출간 제안서가 지금 보면 어색하고 엉성하게 느껴지는 것은 그만큼 실력이 늘었다는 말일 것이다. 앞으로 5년 뒤에는 얼마나 더 성장한 출간 제안서가 만들어지겠는가.

사소한 것을 사소하게 생각하는 사람은 큰일도 사소하게 생각하기 마련이다. 책 쓰기가 인생에 있어 중요한 터닝포인트가 될 것이라고 확실히 믿는다면 출간 제안서는 그 터닝포인트에 진한 획을 그을 수 있는 기회를 만드는 일이다. 사소한 것처럼 보일지라도 결코 사소하게 대하면 안 되는 이유다.

작가님, 인세가 입금되었습니다

출판사에 원고를 투고할 때는 완성 원고를 보내는 게 내 나름대로의 원칙이다. 그러다 계약할 시점이 되면 여러 사정이 생기기 마련이다. 퇴고를 더 하고 싶다거나 원고 내용을 첨삭해야 할 필요성을 느낄 때가 있다. 대개 출판사에서 요구하는 조건들인데 그럴 때마다 나는 출판사에 최종 전달하는 원고의 마감 기일을 약간 빠듯하게 정하곤 했다.

원고지 기준 약 900장에서 1,000장 정도의 글을 써야 퇴고 이후 300페이지 전후의 책을 만들 수 있는데 100장도 써두지 않은 채 내 편에서 에둘러 원고 마감기한을 정한 적도 있었다.

"지금이 중순이니, 이달 말까지 원고지 900매 분량의 원고를 마감해서 보내드리겠습니다" 하고 약속을 정해버리는 식이다. 보름 안에 원고지 800장 분량을 쓰고 퇴고까지 마친 뒤에 보내드리겠다는 말이었다. 서두르지 않아도 괜찮으니 천천히 쓰라고 조언해주는 곳도 있었지만 어쨌거나 한 번도 날짜를 어긴 적은 없다. 딱 맞게 마감 기일을 맞췄다. 비결 같은 건 없다. 매일 정해진 분량을 쓰려고 노력했다.

책을 쓸 때 절실함만큼 중요한 것이 있다. 매일 정해진 분량만큼 쓰는 것이다. 하루에 한 장이든, 두 장이든 꾸준히 쓰는 게 중요하다. 나는 나름의 기준이 있었다. 하루에 원고시 50장 분량의 원고를 꾸준히 쓰는 것, 책을 쓰는 사람이라면 그 정도 분량은 꾸준히 써야 한다고 생각했다. 한 달에 평균 20일 원고를 쓴다고 했을 때, 매일 원고지 50장 분량의 글을 쓰면 한 달 만에 한 권의 책을 쓸 수 있는 셈이다. 그렇게 글을 써야 글쓰기 실력이 점점 좋아지는 것을 발견할 수 있다고 생각했고, 실제로 좋아지는 것을 느꼈다.

완벽한 몸을 가진 운동선수라도 6개월 이상 운동을 하지 않으면 초보자와 비슷한 수준으로 근육의 밀도가 내려간다고 한다. 책 쓰기도 마치 운동과 같아서 사용하지 않으면 글을 쓰는 생각이 퇴화하기 마련이다. 매일 꾸준히 일정한 원고를 쓰는 습관은 책을 쓰는 사람에게 매우 중요한 일이다.

매일 일정 분량을 정해서 글을 쓴다는 것은 습관화의 장점만 있는 게 아니다. 글의 맛을 살릴 수 있는 능력도 함께 키워준다는 점에서 의미가 깊다. 밥처럼 따뜻한 글, 맛있는 글을 쓰는 사람들은 모두 꾸준한 글쓰기의 힘을 알고 있었다.

당신의 첫 책이 언제 출간될지는 아무도 모른다. 다만 오늘부터 마음을 정하고 꾸준히 쓰기만 한다면 그 시간은 점차 앞당겨질 것이라는 것은 확실하다. 설익은 밥처럼 엉성하던 글도 금방 좋아진다. 윤기가 흐르는 맛있는 밥 같은 글로 변화한다.

두 번째 책을 탈고하던 중 전화가 왔다. 첫 책을 출간한 출판사였다.

작가님, 좀 전에 인세 입금했습니다."

통장 내역을 확인했다. 인세가 입금되어 있었다. 아내에게 전화했다.

"오빠 첫 인세 받았어. 만년필 한 자루 사도 되지?"

아내의 허락을 받고 나는 가성비가 뛰어난 3만 원짜리 만년필을 두 자루를 샀다. 남은 돈은 아내에게 모두 주었다. 그 만년필로 몇 권의 책을 더 썼고 계약까지 무사히 성공시킬 수 있었다.

출판사와 계약하고 나면 인세를 받는다. 부르는 게 값인 유명 작가가 아닌 바에야 인세가 크진 않다. 인세 비율과 계약조건도 출판사마다 다르고, 몇 권의 책을 출간한 직가인가에 따라 지급되는 인세와 비율도 달라진다. 첫 책의 선인세로 받은 인세는 7%였다. 그에 반해『배우론』이라는 책은 12%에 계약했다. 나중에는 더 올라갈 가능성도 있다.

첫 책을 출간하고 주변 분들이 많이 물어봤다.

"돈 많이 벌었어?"

"요새도 잘 팔리고 있어?"

"작가 되고 나니까 뭐 달라진 거 있어?"

사람 사는 건 똑같지 않은가. 달라진 건 별로 없다. 쉬는 날에는 아내랑 영화 보면서 삼겹살 구워 먹고 소화도 시킬 겸 서재 의자에 구부정하게 앉아서 책을 쓴다. 한 가지 달라진 것이 있다면 쉼 없이 메모하는 습관이 이전보다 갑절 더 깊어졌다는 것이다.

인세를 받는 것은 작가로서의 첫발을 떼는 것과 같다. 액수의 크고 작음이 문제가 아니라 세상에 나의 이름을 남겼다는 그 성취감이 기쁨과 행복을 선사해준다. 나에게 있어선 인세를 받는 기쁨이 책이 출간되었을 때의 기쁨만큼 크진 않았다. 책은 생명을 담아 쓴 나의 분신이자 자식과 같다. 그래서 나는 인세에 별다른 기대를 두진 않았다.

인세를 위해서 책을 쓰기로 결심했다면 생각을 바꾸는 게 좋다. 출판시장은 어렵다. 인세를 책으로 주는 곳도 있다. 계약금이 없이 진행하는 곳도 많다. 작가에게 주는 인세가 100만 원인데 책은 20권밖에 팔리지 않으면 출판사는 많은 타격을 입는다. 인세에 대한 기대로 책을 쓰기보다 원고에 대한 기대로 책을 써야 할 필요가 있다.

책을 써서 얻을 수 있는 것은 무척 많다. 지금까지 만나지 못한 많은 기회들을 책을 출간하면서 만날 수 있다. 그때, 그 기회를 충분히 활용할 수 있을 만큼의 마음의 깊이가 만들어져 있는 사람인 것을 책을 통해 보여줄 수 있어야 한다.

마음의 초점이 얼마나 많은 인세를 받을 수 있는지, 많은 책을 팔아서 버는 그 돈을 어디에 써야 하는지 궁리하다 보면 궁색한 내용을 담은 책이 만들어질 수밖에 없다. 물론 책 자체는 의미가 있다. 출간된 것만으로도 많은 이점이 생긴다. 하지만 탁월함을 추구할 수 있는 기회는 사라진다. 마음의 위치가 어디에 있는지 분명히 확인하라. 인세보다 중요한 것은 많이 있다.

몇 권의 책을 써서 출간하면서 나는 인세가 주는 기쁨보다 책을 통해 내가 만들어져가는 것에서 즐거움을 느꼈다. 책을 쓰면서 내 일상은 단조로워졌다. 하루 일과를 마치고 나면 반바지에 반팔 티 차림으로 한 손에는 네댓 권의 책을, 한 손에는 노트북 가방을 들고 집 근처 카페로 간다. 따뜻한 커피를 한 잔 시킨 뒤, 제일 편안한 테이블에 앉아서 글을 쓴다. 그럴 때마다 나는 건강히 살아서 책을 쓸 수 있는 것이 얼마나 감사한 일인지를 깨닫곤 한다.

건강한 몸으로 책상에 앉아서 책을 쓴다.
살면서 만난 기회들과 경험들을 책으로 풀어낸다.

그것에서 오는 충족감은 충만한 소망과 기쁨을 안겨 주었다.

책을 출간하면 누구나 작가 소리를 들을 수 있다. 작가는 만들어져가는 존재이다. 사람은 다 똑같다고 말하지만, 그 사람이 품는 마음과 생각의 구조에 따라 인생의 과정은 전혀 다르게 흘러간다.
책도 마찬가지다. 얼마나 쉽게, 얼마나 단순하고 적절한 단어를 사용하는지, 얼마나 깊은 내용을 담는지에 따라 그 가치의 크기도 달라진다.

책은 단순하게 쓰는 게 좋다. 그리고 가장 깊은 기쁨을, 가장 깊은 소망을 담는 데 마음을 들여야 한다. 무슨 책이든 작가의 마음이 들어있기 마련이다. 내가 할 수 있는 가장 깊은 마음의 세계를 책에 담아야 책의 본질이 훼손되지 않는다.

책을 쓰는 것의 즐거움으로 책을 써야 그 책의 가치가 오랫동안 보전된다.

출판사 편집국장님, 가라사대

　책을 쓰는 일을 하다 보면 출판사에서 근무하는 분들과 대화를 할 기회가 종종 생긴다. 신뢰의 상징이라고 불리는 책, 그 책을 직접 만들어내는 분들과 대화를 하다 보면 그분들이 생각하는 책의 가치와 존엄성에 대해 깊이 생각할 기회를 갖는다.

　언젠가 모 출판사 편집국장님을 만나 이야기를 나눈 적이 있었다. 출판사 편집국장으로 근무하기 전에도 사회적으로 꽤나 성공한 분이었다. 그런 분과 대면하며 이야기를 나누는 것이야말로 내게는 감격스러운 경험이 아닐 수 없다.

"좋은 책은 작가의 마음에서 만들어진 문장으로 쓴 책이에요. 어떤 책은 참고문헌만 30페이지에 해당하는 경우도 있어요. 책은 280페이지밖에 안 되는데 참고문헌이 30페이지면, 그건 자기 책이 아니죠. 남의 책 베껴서 적은 겁니다. 너무 많은 책이 출간되다 보니 일일이 검토하지 못하지만, 책은 그렇게 쓰면 안 돼요. 참고는 필요해요. 근데 참조가 너무 많으면 책이 가치가 떨어져요."

책은 독자와의 대화를 위한 도구다. 대화에서 가장 중요한 것은 경청이다. 몸을 기울일 만한 마음의 여유가 있는 사람만이 경청할 수 있다. 책은 경청하기 위한 마음의 여유를 담아야 하는데 내 마음에 없는 여유를 다른 사람의 책에서 찾아와서 옮겨 붙이기만 하는 것은 책으로서의 가치가 떨어지는 일이다. 그래서 마음에 그늘을 가진 사람이 쓴 글에서는 여유가 느껴진다. 품어낼 수 있는 경청의 자세, 마음의 그늘이 느껴진다. 마음에 그늘이 있는 사람과 그늘이 없는 사람은 주변에 얼마나 많은 사람들의 신뢰를 얻고 있는지에 따라 달라진다.

대화의 기준이 수사학에 있으면 효과적인 대화는 가능하다. 하지만 마음을 헤아리는 깊은 대화는 불가능하다. 이론에 입각한 대화로 흘러갈 수 있다. 대화는 반드시 깊은 숙고를 바탕으로 한 심리학에 기초하고 있어야 한다.

우리는 모든 일에 대하여 숙고하는가? 또 모든 일이 숙고의 대상이 될 수 있는가? 그렇지 않으면 어떤 것들에 대해서는 숙고란 불가능한가? 생각건대 숙고의 대상이라 해도 그것은 바보나 미친 사람이 아니라, 지각 있는 사람이 숙고할 대상이다. 그런데 영원한 것들에 대해서는 아무도 숙고하지 않는다. 예를 들어 물리적 우주든가, 사각형의 대각선과 변이 서로 정수 단위로 약분되지 않는 것에 대해서도 그렇고, 운동하고 있으면서 필연적이나 자연적 혹은 다른 어떤 원인에 의하여 늘 똑같은 방식으로 일어나는 일에 대해서도 우리는 숙고하지 않는다. 또한, 사계절 절기 가운데 하지나 동지의 도래라든가 별자리의 출현에 대해서는 누구도 숙고하지 않으며, 또 때에 따라 다르게 일어나는 것들, 예를 들어 가뭄이나 폭풍우에 대해서도 그러하다.

—『니코마코스 윤리학』 아리스토텔레스, 동서문화사

아리스토텔레스는 그의 저서 『니코마코스 윤리학』에서 숙고하지 않는 사람을 비판하는 글을 남겼다. 그리고 "인간의 힘이 미치는 범위 내에서 할 수 있는 일들에 대해서만 숙고한다"라고 이야기한다. 인간이 다른 짐승들보다 탁월한 위치에서 만물을 다스리는 이유는 생각을 하기 때문이다. 힘이 미치는 범위가 아니라, 한계를 넘는 세계를 생각할 수 있는 마음, 책을 쓰는 사람에게는 그 마음이 필요하다.

내가 집을 나설 때 항상 가지고 다니는 게 있다. 핸드폰, 지갑, 성경, 차 키, 책, 만년필이 꽂혀있는 트레블러스 노트Travelers Note다. 이 여섯 개는 항상 가지고 다닌다. 틈만 나면 노트를 꺼내서 메모하고 책을 읽었다. 그런 과정에서 한계를 뛰어넘는 마음을 배울 기회가 종종 있었다. 한계를 뛰어넘는 마음은 책을 읽으면서 묵상하고, 깨달아지는 것을 기록하고, 주변 사람들과 마음을 나누며 대화하는 동안 만들어졌다. 그런 마음의 자세가 책을 쓰는 데 많은 도움을 주었다. 한계를 뛰어넘는 마음을 배우려는 자세를 갖추는 동안 획기적인 시간이 연속으로 이어졌다.

무엇이든지 배우는 자세가 중요하므로 다른 사람이 쓴 책에서 좋은 내용을 읽고 묵상한 뒤 깨달음을 얻는 것은 좋은 것이다. 그 깨달음이 살아가면서 좋은 귀감이 될 수도 있고 변환점이 될 수도 있다. 그러나 소화되지 않은 내용을 그대로 옮겨 적는 것은 서로에게 실례가 된다. 저작권의 문제도 있거니와 세상에 의미 없는 책을 만들어낸 경우에 지나지 않기 때문이다.

문제는 다작이 아니고 품질이야!

"투고가 굉장히 많이 들어옵니다. 그중에 90% 정도는 다 버립니다. 형편없는 글이 너무 많아요. 자세히 볼 만한 원고는 10%도 안 돼요. 편집국장 일을 하면서 수백 명이 투고한 원고를 봤지만 최종적으로 건진 원고는 20개 정도밖에 안 돼요."

탁월한 책 쓰기를 위해 갖출 3가지 기준이 있다.

첫째, 탁월한 마음을 갖춘다.

둘째, 탁월한 숙고를 거친다.

셋째, 탁월한 원고를 만든다.

탁월卓越하다는 남보다 두드러지게 뛰어나다는 사전적 의미를 가진 이 단어를 책에 적용해보면 다른 어떤 책들보다 뛰어난 무엇인가를 담고 있어야 한다는 말이 된다. 그런 원고가 아닌 이상 출판사에서는 형편없는 원고라고 생각한다. 탁월한 원고는 반드시 탁월한 마음을 갖춘 사람만이 쓸 수 있다. 그래야 탁월한 생각의 과정을 거칠 수 있고 이후에 그에 걸맞은 원고를 써서 탈고까지 진행할 수 있기 때문이다.

다작을 탁월하다고 생각하는 사람들이 있다. 그러나 단기간에 수백 권의 책을 써낸다고 해서 탁월한 책이 나오는 것은 아니다.

예를 들어보자. 어떤 사람이 1년에 20권의 책을 출간했다. 기준에 따라 다르겠지만 확실히 단기간에 많은 책을 꾸준히 출간했다는 점에서 일반 사람을 뛰어넘는 다작의 능력을 갖추고 있다. 그런데 1년에 20권의 책을 쓰려면 평균 보름에 한 권 정도의 책을 써야 한다는 계산이 나온다. 하루에 원고지 80매 분량을 꾸준히 쓴다면 충분히 가능하다. 시간과 경제적 여유가 충분하다는 가정하에 하루에 원고지 100매 정도는 훈련으로 충분히 가능하다. 더 많이 쓸 수도 있다. 다음과 같은 이유 때문이다.

- **책 쓰기에 대한 깊은 관심**
- **다작에 대한 개인적 욕심**
- **활자 중독으로 인한 습관적인 글쓰기**

　문제는 다작이 아니라 원고를 쓰기 위해 수집한 정보들의 논리적인 구성과 최종적인 퇴고다. 1주일 만에 원고지 800장 분량의 원고를 쓰는 것은 훈련으로 가능하다. 하지만 일반적으로 어디에서나 쉽게 구할 수 있는 흔하디흔한 정보의 조합을 가지고 원고를 써야 한다는 가정이 붙는다.

　그런데 손가락 하나 까딱하면 쉽게 얻을 수 있는 누구나 다 아는 정보를 얻으려고 책을 사는 사람이 어디 있는가. 탁월한 원고는 결코 하루 원고지 200장 분량을 써 내려가며 만들어지지 않는다. 때로는 비판을, 때로는 찬사를, 때로는 논리적으로 비교 분석을 해가며 글을 써야 탁월한 원고가 만들어지는 법이다. 무엇보다 숙고하며 원고를 검토하는 시간은 굉장히 촘촘해야 한다.

　400번의 퇴고를 거친 『노인과 바다』는 단순하고 아름답다. 1주일 만에 400번의 퇴고를 거칠 수 있는가? 19년에 걸쳐 완성된 『레미제라블』은 어떠한가? 앞에서 '탁월한 숙고를 거친다'고 표현한 것은 이 때문이다.

1년에 10권, 20권 책을 출간한 사람들이나 100권에서 200권의 저서를 출간한 사람들을 하늘이 내린 천재처럼 생각할 필요는 없다. 정말로 탁월한 글을 쓰는 작가인가, 그렇지 않은가는 그들의 책뿐만 아니라 삶을 통해서 판단해야 할 문제다.

훌륭한 작가는 기본이 충실하다

"작가들은 문장부호 하나만 잘 고쳐도 인정받을 수 있습니다. 대괄호, 따옴표를 쓰는 방법도 배워야 합니다. 특히 작은따옴표, 큰따옴표를 쓰는 방법을 배워두면 좋습니다. 바닷가재를 랍스터라고 이야기하는데요, 이게 표준어로는 로브스터라고 이야기합니다. 랍스터가 틀렸다는 말이죠. 뭐가 맞는가 싶어 《국립 국어원》에 전화해서 물어보니, 두 가지다 표준어로 쓰인다고 합니다. 외래어 표기는 최대한 줄이면 좋아요. 평소에 잘 안 쓰는 순화어는 그렇다 쳐도, 외래어를 보기 쉽게 쓰는 방법을 배워두면 아주 좋은 글이 만들어져요."

글을 쓰다 보면 외래어와 말이 섞이는 경우가 발생한다. 일상생활에서 주로 쓰이는 외래어지만 순환되는 단어를 골라서 쓰면 확실히 문장이 매끄러워졌고 담백해졌다. 예를 들면 이런 식이었다.

· **그는 훌륭한 스폰서였다.** → **그는 훌륭한 후원자였다.**
· **중요한 미션을 수행 중이다.** → **중요한 임무를 수행 중이다.**
· **인프라가 잘 구축되어 있다.** → **기반 시설이 잘 구축되어 있다.**

작가는 기본에 충실해야 한다. 많은 책을 출간하기 위해 책을 쓰는 건 작가가 갖추어야 할 마음은 아니다. 나도 다작이 목표는 아니었다. 꾸준히 썼을 뿐인데 쓰다 보니 훈련이 돼서 여러 권 출간할 수 있었을 뿐이다. 기본에 충실한 작가는 보란 듯이 성공의 궤도에 오른다.

"출판사가 책 만드는 게 뭐가 어렵겠어요? 문제는 그게 아니에요. 투고한 원고를 보면 그렇게 많은 오타와 오류가 보입니다. 퇴고하는 작가들 없어요. 출판사에서 교정보는 편집부 직원들에게 교정보라고 시키는 이유가 다 있는 겁니다. 그렇게 출판한 책이 제대로 팔리지도 않으면 작가도 그렇겠지만 출판사는 얼마나 실망스럽겠어요? 손해 많이 봐요."

이야기를 마치며 편집국장님은 자필서명이 들어간 저서를 선물로 주셨다. 그리고 이런 메시지를 적어주셨다.

"하늘 위의 하늘을 보는 작가가 되시길 기원합니다."

언젠가 비행기를 타고 해외에 간 적이 있었다. 날씨는 무척이나 흐렸고 비행기 유리창에 밖이 보이지 않을 정도로 많은 비가 내렸다. 간간이 번개가 치는 것도 보였다. 갑자기 비행기가 빠른 속도로 하늘 위로 올라가기 시작했고 올라가면 올라갈수록 어두워졌다. 한 치 앞도 보이지 않을 정도로 어두운 먹구름 때문에 하늘은 점점 너 캄캄해지고 있었다. 그러다가 어느 순간, 하늘 위의 하늘로 올라갔다. 그리고 이전에 한 번도 만나보지 못한 멋진 장면을 볼 수 있었다.

거기엔 천국처럼 밝은 태양이 있었다. 검은 먹구름은 하늘 위의 하늘 아래에서 비를 내리고 있었다. 하늘 위의 하늘은 지지 않는 태양으로 반짝거리고 있었다. 땅에서 보는 하늘에서는 결코 볼 수 없는 무척 아름다운 광경이었다. '하늘 위의 하늘', 그곳은 무척 밝고 아름다운 세상이었다.

작가는 하늘 위의 하늘을 보는 사람이다. 시커먼 먹구름, 천둥·번개가 치는 하늘, 어두컴컴한 세상, 그 위를 보는 존재다. 시커먼 먹구름과 같은 형편, 천둥·번개가 치는 하늘과 같은 어려움, 백지에 혼을 담아야 한다는 생각에 많은 것들이 암흑처럼 느껴질 때도 있다. 그래서 하늘 위의 하늘을 봐야 한다. 어떤 글을 쓰든지 가장 높은 곳에 기준점을 잡고 글을 쓰는 습관을 들일 필요가 있다.

내 책이 작가를 꿈꾸는 사람들에게 기준점이 될 수 있도록 마음의 중심을 다잡아야 할 필요가 있다. 탁월한 책을 쓰는 작가는 그렇게 만들어진다.

Chapter 3

당신은 이미
베스트셀러 작가다

슬럼프는 어떻게 극복하는가?

무슨 일이든 처음이 어렵다. 몸과 마음에 익숙해질 때까지 익히고 나면 습관이 돼서 어렵지 않다. 책 쓰기도 마찬가지다. 익숙해지면 어렵지 않다. 그래서 책 쓰기 자체는 어렵지 않다. 문제는 다른 곳에 있었다.

두 번째 책의 퇴고를 마칠 때쯤이었다. 문득 엉뚱한 생각이 들었다.

"왜 책을 써야 되지?"

"왜 책을 봐야 하는 걸까?"

그 생각이 불쑥 들면서 마음이 무척 심난해졌다. 마감일은 다가오는데 하루에 한 글자도 쓰지 않고 하염없이 시간만 보낸 적도 있었다. 한동안 책을 쓰는 것에서 손을 떼고 가만히 앉아서 생각하는 시간을 보낸 적도 여러 번이었다.

책을 쓰다 보면 힘이 들 때가 한두 번씩 있다. 글 쓰는 게 싫어질 때도 있다. 독서도 싫고, 책 쓰기도 싫고, 책을 왜 써야 하는지에 대해 궁금증이 들 때가 있다. 그런 기분은 어느 순간 갑자기 찾아왔다. 무슨 일에든 슬럼프는 필요한 법이지만 막연한 두려움이 마음을 감싸고돌 때가 있었다. 비단 책을 쓰는 사람에게만 그런 슬럼프가 찾아오는 건 아니다. 직장인이든, 사업을 하는 사람이든, 슬럼프라는 것은 불쑥 찾아온다. 그리고 어느 순간 흔적도 없이 사라진다.

설교를 무척 잘하는 목사님이 한 분 계셨다. 무척 창의적이고 깊이 있는 설교를 하는 분이었다. 비결이 뭘까, 궁금하게 여긴 한 사람이 '어떻게 하면 그렇게 설교를 잘할 수 있는지' 물었다.

"오늘 아침에 성경 읽으셨습니까?"
"예, 읽었습니다."
"지금 읽고 있는 그 페이지에서 1시간짜리 설교를 만들어보세요. 그럼 됩니다."

생각의 가지는 개인의 노력 여하에 따라서 무한히 뻗쳐나갈 수 있다. 평균적으로 1시간의 설교는 원고지 70~100매의 분량이다. 성경 한 페이지를 읽고 1시간짜리 설교를 준비한다는 말은 성경 3~4장을 읽고 책 한 권 분량의 원고를 쓸 수 있다는 말과 같다.

당신이 책을 한 페이지 읽고, 많은 사람들 앞에서 1시간 동안 원고도 없이 설교를 해야 한다고 생각해보라. 얼마나 많은 생각을 해야 하겠는가. 책을 쓰는 것은 이와 같다. 표절을 하지 않는 이상 굉장히 높은 수준의 사고를 거치지 않으면 어려운 일이다. 그만큼 슬럼프가 찾아오기 쉬운 일도 책 쓰기다. 게다가 더운 여름에는 여러모로 기력이 빠진다. 낙엽이 떨어지는 가을에도 마음이 우울해지고 쓸쓸한 기분을 느낀다. 누구나 그런 날씨와 기운의 영향을 받는다. 작가가 되기로 결심한 뒤, 그런 슬럼프를 서너 번 정도 만났다.

"몸살인 듯하다. 편도가 부어서 물 한잔 마시는 것도 힘들고 종일 피곤하다. 게다가 너무 더워서 하루 종일 땀이 흐른다. 이런 상황에서 연극 연습을 하고 책을 쓰는 건 정말 어렵다는 마음이 든다. 8월은 무척 힘든 계절이다. 몸이 축나면 마음도 예민해진다. 마음을 편안하게 다스리기가 쉽지 않다. 이 더위가 지나가면 많은 것이 안정권으로 들어간다. 얼른 더위가 지나갔으면 싶다."

그날의 마음과 기분이 글에 잘 드러나는 듯하다. 마음이 무척 힘들고 피곤해서 여러모로 생각이 많았다.

슬럼프는 어쩌면 정신의 문제보다는 일종의 매너리즘mannerism이 아닐까. 인생에서 다양성을 추구하는 사람이 아닌 이상 대부분의 사람들은 늘 똑같은 환경에서 똑같은 일을 하고, 늘 보는 사람들을 만나서 늘 하는 일을 한다. 책을 쓰는 것도 그와 비슷하다. 어쩌면 더 단순하다.

앉아서 책을 쓴다.

책을 쓰고 나면 다양한 기회가 열리는 것도 사실이지만 책 쓰기 그 자체는 '앉아서 책을 쓴다' 그 이상도 그 이하도 아니다. 슬럼프에 빠질 만도 하다.

마음이 힘들 때마다 나는 운동을 했다. 꾸준히 글을 쓰는 사람에게는 규칙적인 운동이 반드시 필요하다는 것을 몸소 깨달았다. 규칙적인 운동이 좋은 이유는 생각을 깊게 할 수 있는 기회를 제공해주기 때문이다.

sound body, sound mind.

뇌는 엄청난 활성산소를 뿜어내는 동시에 신선한 공기를 필요로 한다. 책은 어차피 한정된 공간에서만 쓰기 마련이다. 골방이든, 분위기 좋은 카페든. 책을 쓰는 동안에는 나를 제외한 모든 세상이 움직인다. 나는 머릿속으로만 움직인다. 내가 보는 세계를 글로 옮겨야 하기 때문에 움직이지 않는다. 헬스장에 갈 시간이 여의치 않으면 거실에서 푸샵을 하고 맨손 스쿼드를 했다. 땀을 뻘뻘 흘리며 강변을 뛰었다. 오직 글을 쓰기 위한 훈련의 시간이었다.

운동이 여의치 않으면 산책을 했다. 슬리퍼를 신고, 모자를 쓰고, 아무렇게나 옷을 걸친 뒤 밖으로 나갔다. 아침이든 밤이든 가리지 않았다. 신나는 노래를 들으면서 여기저기 뛰어다니기도 했다. 집 앞 강변을 걸으면서 풀 내음도 맡고, 햇볕의 따뜻함을 느끼고, 새들의 지저귀는 소리를 들었다. 졸졸졸 강물이 흐르는 소리, 섬세한 그림처럼 우뚝 솟아있는 산봉우리들을 바라보면서 정처 없이 걷고, 한편으로는 잡다한 생각들을 털어냈다. 그럼 샘솟듯 떠오르는 좋은 생각들이 있었다. 그런 생각들을 메모지로 옮겨서 남기고 생각을 정리해냈다. 그런 시간들을 가지면서 마음을 돌아보는 시간들을 가지곤 했다. 그때 나는 생각의 가지를 뻗어 나가게 하고 썩은 생각을 쳐내는 것은 오롯이 작가의 몫이라는 것을 발견했다.

때로는 기다림의 미학도 필요하다. 늘 좋은 글이 써지진 않는다.

항상 맛있는 밥만 먹을 수 없고, 싱겁거나 짠 음식을 먹을 때도 있다. 설익은 밥은 맛이 없듯이 익은 글을 쓰기 위해서는 기다림이 필요하다. 잘 익은 곡식과 잘 익은 글은 풍성한 깊이를 담은 책이 된다. 그런 생각들을 하면서 마음을 정리하면 다시 좋은 글을 쓸 만한 마음의 힘이 생겼다.

우리가 슬럼프라고 이야기하는 그 세계는 눈에 보이지 않는 세계다. 지극히 단순한 활동을 반복하면서 느껴지는 지루함과 따분함, 거기에서 한발 더 나아가면 슬럼프라고 할 수 있다. 지극히 정신적인 측면인 것 같지만 사실 알고 보면 똑같은 일상을 반복하면서 겪는 육체의 신호에 불과하다는 사실이다.

슬럼프를 가장 쉽게 이기는 방법은 마음에서 육체와 정신을 분리하는 것이다. 육체와 정신은 분리된 세계다. 글, 혹은 책을 쓰는 사람은 육체와 정신을 따로 생각할 수 있어야 한다. 육체가 피곤한 것이지 정신은 피곤하지 않다. 슬럼프를 가장 빠르게 이기는 방법은 바로 이 사실을 마음에서 분명하게 깨닫는 것에 있다.

어떤 어려움이나 형편도 마음에 새겨진 분명한 믿음을 무너뜨릴 수는 없다. 육체와 정신에는 간극이라는 게 존재하지 않는다. 분리된 세계다. 글을 쓰는 사람은 육체의 매너리즘에 마음이 빼앗기면 안 된다. 강한 정신력과 분명한 믿음으로 확신에 찬 글을 써야 한다.

출간 이후, 어떻게 홍보할 것인가?

얼마 전, 도서관에서 책을 몇 권 빌렸다. 그중에 『독서의 기술』이라는 책이 있었다. 모티머 애들러_{Mortimer J. Adler}가 쓴 책으로 독서법에 있어서는 꽤 유명한 책이었다. 하루가 멀다 하고 들락날락했는데 그제서야 발견하다니, 감추어진 보배는 조개에게만 있는 게 아니라 도서관에도 있었다. 도서관 구석진 자리에 그다지 눈에 띄지 않는 디자인을 한 채 꽂혀있던 그 책을 펴는 순간 바로 빌려왔다. 그것도 모자라서 새 책으로 구매까지 했다.

『초격차 독서법』을 쓰면서 관련 분야에서 출간된 많은 책을 읽었다. 도서관에서 책 제목에 「독서」가 들어간 책은 거의 다 훑지 않았나 싶다. 그런데『독서의 습관』은『초격차 독서법』을 퇴고하던 중에 발견한 책이었다. 왜 나는 그 책을 진작 알지 못했을까? 두 가지 이유가 있었다.

첫 번째는 나의 독서능력 부족이었다.『독서의 기술』은 세계적인 명저였다. 나만 몰랐다. 나름 책을 좋아하고 즐긴다고 생각했지만, 자만이었다.『국부론』,『닥터 지바고』와 같은 책은 서른이 넘어서야 읽기 시작했다. 그만큼 독서 수준이 형편없었다. 인간은 어떤 식으로든 삶에서 실패를 경험한 뒤에야 새로운 세계를 배울 마음의 그릇이 생긴다는 걸 그때 알았다. 날카로운 바늘과 같은 직관력, 풍성한 예시를 들어 세상을 바라보는 작가의 눈이 담긴 책, 인간이라면 누구나 읽어야 한다는 생각이 들 정도로 관점의 전환을 불러일으키는 책, 그토록 깊은 내용을 담고 있음에도 내 눈에 띄지 않은 탁월한 책, 그런 책이 세상에 얼마나 많은지 깨달았다.

두 번째는 그렇지 않은 책들에 묻혀버린 탁월한 책의 운명이었다. 천문학적인 마케팅 비용을 쏟아부은 베스트셀러 책들의 언덕에 묻혀버린 그 탁월한 책들은 너무 많은 책이 출간되고 있는 지금 모래언덕에 묻힌 바늘과도 같다. 책으로서의 가치보다는 이목을 끄는 상품으로서의 가치를 담고 있는 책이 더 많이 출간되는 세상이다.

풍성한 독서를 통해 만들어진 사유, 숙고하는 자세, 감각적인 독서 기술로 하나하나 걸러내지 않으면 결코 찾아낼 수 없다. 세상에 뛰어난 책들도 그러할진대 이제 막 책을 쓰기로 시작한 내가 쓴 책은 어떠한가.

내 이름으로 된 책 한 권만 출간되면 세상이 끝나는 줄 알았다. 그렇지 않았다. 몇몇 주변 분들이 축하해주신 게 다였다. 마케팅에 있어서만큼은 출판사와의 협약이 무척 중요하다는 것을 알았다.

책은 내 마음과 정신을 담은 그릇이다. 곧 나와 같다. 정당한 방법으로 꾸준히 내 이름을 알려야 할 필요가 있다. 지금은 내 이름을 알리기 위한 다양한 SNS가 있다. 사람 간의 연결을 위해 만들어진 도구가 SNS다. 잘하지 못해도 좋고, 익숙하지 않아도 좋다. 어디든지 나와 맞는 사람은 있기 때문이다. 모든 사람의 기준에 맞출 필요도 없고, 모든 도구를 다 활용할 필요 역시 없다. 나에게 맞는 도구만 활용하면 된다.

블로그

많은 영상매체가 발달하면서 사라져가는 SNS가 있는 반면, 블로그는 오랫동안 굳건히 자리를 지켜온 SNS의 터줏대감과도 같다. 글자 수와 첨부자료의 제한이 거의 없고, 뚜렷한 브랜드 이미지를 구축하면서 많은 애용자를 만들었다. 국내 이용자 수와 관리에 따른

유입률을 따져봤을 때 블로그처럼 쉽고 편리한 도구도 없다. 꾸준한 관리를 통해서 나를 홍보할 수 있다. 내가 블로그를 잘 활용하지 않는다면 블로그를 원활하게 사용하는 이용자들에게 책 소개를 부탁하는 것도 좋은 마케팅 방법이다.

첫 책이 출간되고 난 뒤, 일일 방문객 수가 수천 명에 달하는 블로거들에게 책을 선물해드릴 테니 홍보를 부탁드린다고 연락한 적이 있었다. 답장조차 없는 사람들이 대부분이었고 심지어 돈을 요구하는 사람들도 있었다. 그런 사람들이 있는 반면에, '돈은 받지 않습니다. 다만 훌륭한 책이라면 꼭 읽고 싶습니다' 하고 이야기하는 분들도 있었다. 그런 분들이 흔쾌히 도움을 준다고 하니 얼마나 고마운가! 정성껏 책을 포장해서 선물해드렸고, 그분들 덕분에 많은 도움을 입을 수 있었다.

　나도 개인 블로그를 개설해두고 글쓰기에 관련된 노하우를 조금씩 올리고 있다. 대단한 효과를 기대하면서 만든 것은 아니고 그저 책 쓰기에 관심 있는 사람들에게 조금이나마 도움이 되었으면 하는 마음으로 간간이 글을 올린다. 책으로 출간될 원고가 미리 노출될 가능성이 있기 때문에 적당한 때에 글을 올렸다가 슬그머니 삭제하기도 한다.

브런치

　평소에 한글이나 워드 프로그램으로 원고를 작성하지만, 그전에 먼저 거치는 곳이 있다. 브런치다. 하얀색 백지가 펼쳐진 듯한 화면, 부담스럽지 않고 담백한 글씨체, 간단하게 글자색과 크기를 변경할 수 있는 브런치는 내가 애용하는 글쓰기 커뮤니티다. 나는 전체 다운로드 수 5,000명 내외에 불과하던 때부터 브런치를 사용했다. 불과 몇 년 전만 해도 책을 출간한다는 것은 막연한 미지의 세계라고만 생각했다. 작가가 되리라고 나는 기대조차 하지 않았다. 그저 꿈에 불과했기 때문에 꾸준히 글을 쓰지도 않았다. 다운로드 수 100만을 훌쩍 넘긴 지금 돌이켜보면 꾸준히 글을 쓰지 않았던 것이 아쉽기만 하다.

　브런치는 오직 글쓰기를 취미로 하는 사람들을 위해 만들어졌는

데 많은 출판사 관계자와 작가들이 브런치를 이용하고 있다. 탁월한 글쓰기 실력을 자랑하는 사람들이 브런치에는 무척 많다. 그곳에서는 사회적으로 성공한, 평소에 쉽게 접할 수 없는 분들을 많이 만난다. 어떤 분은 내 게시글에 "작가님, 좋은 글 감사합니다" 하고 댓글을 달아주셨는데 그분의 페이지를 방문해보니 사회적으로 성공한 위치에 있는 분이었다. 그런 분들과 교류하고 소통할 수 있다는 점에서 브런치는 확실한 강점을 가진 커뮤니티다. 내 책을 출간하고 싶어 하는 사람이라면 좋은 도구가 될 수 있다.

유튜브

현존하는 가장 확실한 홍보수단이 아닐까 싶다. 블로그나 브런치 혹은 개인 홈페이지를 통해 유튜브로 자연스럽게 유입될 수 있도록 링크를 걸어두는 작가들이 많다. 채널을 개설해서 책의 일부 내용을 소개하는 것도 좋은 방법이고, 책 소개를 하는 유튜버들에게 서평단을 부탁하는 것도 좋은 방법이다. 단점도 있다. 워낙 많은 유튜브 영상이 만들어지기 때문에 단순히 영상 하나 찍어서 올리는 것만으로는 홍보효과를 누리는 게 어렵다.

유튜브 영상을 통해 책 소개를 하는 것은 확실히 마케팅 효과를 볼 수 있는 좋은 방법이지만 평소 작가의 말투, 습관적인 행동, 단정하지 못한 옷차림으로 역효과를 볼 수 있다. 완벽에 가까운 퇴고를 통해 출간된 저서의 논리적 서술 능력과 달리 조악한 발음, 어색한 분위기와 언변술의 부족으로 책이 가진 장점을 단점으로 만들 수도

있으니 주의해야 한다.

수십, 수백만 명의 구독자를 거느린 경우나 유료 광고가 아니라면 효과적인 홍보 도구로 사용하기엔 무리가 있다.

서평단

얼마 전 지인과 통화하다가 실수로 블로그를 삭제하고 말았다. 해킹당한 아이디를 삭제해야 하는데 주 아이디를 삭제해버린 것이었다. 다시 블로그를 개설했지만 수많은 이웃과 게시글은 되돌릴 수 없었다. 어쩔 수 없이 다시 블로그를 시작하기로 했지만, 이전처럼 효과가 나지 않았다. 그래서 브런치와 블로그 시평단을 활용해서 책을 홍보했고 좋은 호응을 얻었다. 내 책을 통해서 도움을 얻었다는 분들의 이야기를 들을 때마다 참 감사했다.

유튜버, 블로거, 카페, 지역 커뮤니티 가릴 것 없이 서평단은 존재한다. 책의 가치를 알리고 그에 대한 적절한 평가와 피드백을 부탁

블로그

★『영국 청년 마이클의 한국전쟁』 서평단을 모집합니다. 2019.09.18.
『영국 청년 마이클의 한국전쟁』(9월 말 출간 예정) 서평단을 모집합니다. ★모집기간 : ~9/25(수) / 발표 : 9/26(목) 개별 문자 연락 ★서평URL 제출 : 당첨된 분들은...
창비 블로그 ⊘ blog.changbi.com/221... | 블로그 내 검색

대표 장르 작가 8인의 앤솔러지, <어위크> 서평단 모집 (~10/17) 2019.09.28.
국내 대표 장르작가 8인의 앤솔러지 <어위크> 서평단을 모집합니다! 2019 부산국제영화제 아시아필름마켓 '북 투 필름' 피칭작 및 선정작 수록! 장르 작가 8인이 모여...
캐비넷 출판사 블로그 ⊘ blog.naver.com/story... | 블로그 내 검색

하는 일은 앞으로 더 많은 저서를 출간하는 데 있어 좋은 기회가 된다. 무엇보다 책의 가치를 아는 사람들이 서평단을 신청한다.

서평단을 신청하는 사람들 중에는 묵독하고, 음미하고, 감동을 받는 사람들이 많다. 책 홍보뿐만 아니라 많은 사람들을 얻을 수 있는 기회가 되기도 한다. 단, 제약조건을 걸어둘 필요는 있다. 공짜는 누구나 좋아한다. 하지만 공짜는 가치가 없다는 생각은 은연중에 들기 마련이다. 나는 공짜로 받은 책을 한 번도 제대로 읽은 적이 없다. 중고서점이든, 헌책방이든 내 돈을 주고 산 책만 주의 깊게 읽었다. 사람은 똑같다. 공짜 책은 보지 않는다. 오랜 시간을 두고 공들여 쓴 책임에도 불구하고 냄비 받침으로 쓰이게 되는 것을 원치 않는다면 택배비라도 받아야 한다.

책은 영혼을 담는 작업이다. 아무리 예쁘게 포장해도 영혼을 담지 않으면 안 된다. 수많은 시간과 노력, 고통이 수반되는 일이 책을 쓰는 것이다. 책 그 자체는 뼈와 살을 깎아서 쓰는 것이다. 뼈를 깎아서 쓰지 않은 책, 그런 책들에 묻혀버린 명저들이 얼마나 많은지 생각하면 책으로 뒤덮인 책 언덕 꼭대기에 나의 뼈를 깎아서 쓴 책을 하나쯤 얹어두어야 하는 게 작가의 도리가 아닐는지.

홍보에 날개를 달아주는 퍼스널 브랜딩

책을 써서 출간한 것만으로도 전문가의 이미지를 구축하는 데 어느 정도는 성공한 셈이지만 다양한 기회와 도구의 활용을 통해 단단한 이미지 구축을 완성할 수 있다. 다음은 다른 어떤 것들보다 자신의 퍼스널 브랜딩 구축을 위해 효과적인 도구들이다.

강연

강연에는 여러 가지 종류가 있다.

첫 번째는 저자 강연회다. 대형서점에는 작가들을 위한 강연 장소를 구비해둔다. 책이 출간되고 난 이후 서점에 방문해서 저자 강연회를 요청하면 비어있는 시간대에 강연을 할 수 있도록 준비해준다. 강연료는 지급되지 않지만 많은 사람들이 방문하는 국내 대형서점에서 저자 강연회를 갖는 것은 작가로서의 자신을 알릴 수 있는 좋은 기회다. 서점 입장에서는 더 많은 책을 판매할 수 있고 작가는 무료로 강연을 할 수 있으니 일석이조다. 이후의 강연회나 북 콘서트를 진행할 때도 좋은 홍보효과가 될 수 있다.

두 번째는 다양한 기회를 통해 진행하는 강연이다. 첫 책『교육의 힘』을 출간하고 난 뒤, 백여 명가량의 학부모님들 앞에서 자녀 인성 교육에 관한 강의를 할 기회가 있었다. 어떻게 하면 효과적인 교육을 할 수 있는지, 아이들은 어떤 마음으로 세상을 바라보는지에 대해 강의를 했고 좋은 반응을 얻었다. 이후 다양한 기관에서 강연할 수 있는 기회를 얻을 수 있었고, 책을 홍보할 수 있는 기회도 많이 생겼다. 자신이 쓴 책을 통해 강의할 수 있는 기회는 많다. 관련 기관을 찾아서 집중적으로 홍보하고 관계를 가질 필요가 있다.

칼럼

칼럼 기고를 통해 자신을 브랜딩하고 싶어 하는 사람들이 많다. 그만큼 많은 칼럼니스트가 활동하고 있다. 지역 신문이나 커뮤니티를 통해 자신을 알리는 방법 중에 칼럼만큼 효과적인 것도 없을 것이다. 대중을 상대로 정보를 전달하는 신문, 잡지들은 참신하고 깔끔한 칼럼을 원한다. 칼럼은 자신의 의견을 전달할 수 있는 매체라는 점에서 효과적인 브랜딩 도구가 될 수 있다. 다만 진입장벽이 낮진 않다. 칼럼을 기고할 수 있을 만한 사회적인 인지도가 필요하다. 꾸준히 책을 출간하며 전문성을 쌓아가면 사회적 인지도가 생기면서 칼럼 기고의 기회도 찾아올 것이다.

카페

온라인 카페는 무료로 개설이 가능하고 인원수 제한 역시 없다. 어떻게 관리하느냐에 따라 확실한 브랜딩 도구로 활용할 수 있다. 관심사가 같은 사람들을 모아 효과적으로 관리할 수 있다는 점에서 카페는 지난 20년 가까이 많은 사람들의 브랜딩 도구로 활용되어 왔다. 본인의 직업에 충실한 수많은 사람들이 본업을 살려서 카페로 자신을 브랜딩하는 데 성공했다. 카페를 관리하는 방법에 대해서 배워야 하고 꾸준한 고객 관리가 필요하다는 점에서 쉽지 않은 분야이긴 하지만 효과적으로 나를 브랜딩하면서 고객까지 관리할 수 있는 도구라고 할 수 있다. 어떤 분야에 종사하는 사람이든, 자신의 분야에 대해서만큼은 자세하게 알기 마련이다. 내가 알고 있는 당연한 정보가 남들에게는 전혀 새로운 기회일 수도 있다.

위에서 이야기한 내용들은 도구일 뿐이다. 방법론을 이야기한 것에 불과하다. 내용을 바꿀 수는 없다. 수천 년의 역사를 담은 오래된 고전들이 살아남을 수 있었던 이유는 마케팅의 문제가 아니다. 얼마나 탁월한 책을 쓰는가에 대한 답을 거기에서 찾아볼 필요가 있다.

대박! 베스트셀러의 비밀

첫 책을 출간하면서 누구나 막연한 기대를 한다. '혹시 내 책이 제법 잘 팔려서 초대형 베스트셀러가 될 수도 있지 않을까', '썩 맘에 들진 않아도 그리 나쁘지 않은 글인데', 하는 식으로 말이다. 꿈을 품는 건 좋다. 행동만 뒷받침될 수 있다면 충분히 가능성이 있다.

첫 책을 출간하면서 가졌던 마음이 있다. '나도 작가가 되는구나!' 하는 마음이었다. 글 쓰는 게 쉽다는 생각도 잠깐 했었다. 그러다 두 번째 책을 쓰면서 가졌던 마음이 있다. 베스트셀러가 되고 싶다거나, 이 정도면 잘 쓴 글이라는 식의 긍정적 마음이 아니었다. 부족하게만 느껴졌던 첫 책의 퇴고, 출판사를 배려하지 않은 거만한 행동들이 무척 부끄럽게 느껴졌다. 무엇보다 '책을 쓰기 원하는 사람들 모두 나 정도의 세계관은 가지고 있다'는 사실을 깨달았다.

서점에 가면 내 수준 정도의 글을 쓰는 사람들이 출간한 책은 많이 있다. 다양한 경험과 배움의 기회를 통해 수준 높고 화려한 필체를 자랑하는 작가들이 많다. 블로그, 브런치, 신문에도 글 꽤나 쓴다는 사람들의 이야기가 많이 있다. 책으로만 출판되지 않았을 뿐, 나보다 글 잘 쓰는 사람들은 세상에 많다는 걸 알았다. 나는 그저 출간작가일 뿐이었다. 초대형 베스트셀러 작가들에게는 공통적인 특징이 있었고 아무나 초대형 베스트셀러가 될 수 없다는 사실도 알았다.

유명한 인물이 베스트셀러를 만든다

흔한 경우는 아니지만 '출간 즉시 전국 서점 베스트셀러'는 그 책을 쓴 작가의 가치에 대해서 독자들이 잘 알고 있기 때문에 읽어볼 필요도 없이 작가만 보고 구매했다는 말과 같다.

물론 아무나 초대형 베스트셀러 작가의 반열에 오르진 않는다. 앞에서 이야기했듯이 글쓰기는 글 감옥에 갇히는 것과 같다. 의도적 노력 없이 위대한 작가가 되지는 않는다. 그들이 쓴 책들의 대부분은 뛰어난 문체 뒤에 깊은 가치를 품고 있다. 어려울 필요도 없다.

1996년 막노동꾼 출신으로 서울대 법학과에 수석으로 합격한 사람이 있다. 앞에서 언급한 장승수 변호사다. 그해 8월 1일 『공부가 가장 쉬웠어요』라는 제목의 책을 출간했고 초대형 베스트셀러 작가가 되었다.

또한 집집마다 텔레비전과 비디오가 막 활성화되기 시작하던 1989년만 해도 기업의 오너는 베일에 감춰진 인물이었다. 일반인들 사이에 오너의 사생활이나 생각의 결과가 노출된다는 것은 불가능했다. 그런 상황에서 김영사는 당시 국내 최고의 대기업이던 대우그룹 김우중 회장의 자서전 『세상은 넓고 할 일은 많다』를 출간해낸 뒤, 6개월 만에 100만 부를 판매하며 단행본으로서는 국내 최초로 밀리언 셀러를 기록했다. 뒤를 이어 수많은 기업 오너들이 자서전 형식의 책을 출간했지만, 앞에 만큼 효과를 보진 못한 듯하다. 이후에도 인간승리의 표본이라고 할 수 있는 무명의 인물에 대한 이야기를 자서전 형식으로 출간이 되면서 베스트셀러가 되었다. 시대를 읽는 뛰어난 감각, 최적화된 포착 능력, 발 빠른 섭외를 위한 꾸준한 노력이 만들어낸 쾌거였다. 경험이 바탕이 되었기 때문에 가능한 일이었다.

관점의 전환이 베스트셀러를 만든다

'책은 이래야 한다'는 관점을 비틀어서 사람들에게 관심거리를 제공하거나 흥미를 북돋는 내용으로 가득한 책이다. 깊은 내용을 담고 있는 책은 아니지만, 흥미 위주의 내용으로 채워져 있어서 가볍게 읽을 수 있다는 장점이 있다. 책도 상품이다. 돈을 주고 산다. 도서 관에서 자유롭게 빌려볼 수 있지만, 책이라는 본연의 가치를 제외하 고 시장성 관점에서 봤을 때는 이야기가 달라진다. 사람들이 관심과 흥미를 가질 만한 책이라면 제일 좋다. 그래서 가볍고 즐겁게 읽을 수 있는 책이 많은 사람들에게 인기 있는 이유다.

2018년은 책의 해였다. 2017년 대비 도서 판매량이 6% 증가했다 고 한다. 책을 읽지 않는 사람들이 늘어가고 있는 요즘 추세에 도서 판매량 6% 증가는 사뭇 흥미롭다. 어떤 책이 그렇게 많이 팔렸을까? 놀랍게도 에세이가 대부분이었다.[4]

여기에는 장단점이 골고루 존재한다. 독서를 즐기거나 책을 쓰려 고 생각하는 사람이라면 이 두 가지 장단점에 대해 깊이 있게 생각 해봐야 한다.

작가의 열정이 베스트셀러를 만든다

『언어의 온도』를 출간한 이기주 작가는 6개월간 전국 서점을 돌 며 책 홍보에 주력했고, 결과적으로 150만 부에 달하는 초대형 베스 트셀러로 작가로 발돋움했다. 전직 대통령 스피치 라이터, 서울경제 신문 기자. 무기가 될 만한 직업을 갖기도 했지만, 작가가 되는 순간 예외는 없다. 초대형 베스트셀러가 되기 위한 과정 속에는 작가 스스로 홍보대사가 될 필요가 있다.

"너는 날개가 있으니, 그걸 퍼덕이며 멀리 날아가야 한다."

이기주 작가가 전국 서점가를 돌며 자신의 책에다 대고 이야기한
내용이다.

시대를 읽는 능력이 베스트셀러를 만든다

서점가에는 에세이, 페미니즘, 아이돌, 재테크에 관련된 책들이
주를 이룬다. 모두 시대를 반영한다. 앞으로는 더 많은 에세이와 페
미니즘 서적, 아이돌과 재테크에 대한 서적이 팔리지 않을까 싶다.
어떤 책이든 트렌드를 무시할 수는 없다. 시대가 변하기 때문이다.
베스트셀러가 되기까지는 다양한 변수가 존재한다. 꿈을 잃지 말고
꾸준히 정진할 필요가 있다. 베스트셀러의 기회는 어느 순간 갑자기
찾아온다.

모든 사람이 기업 오너가 될 수는 없다. 모든 사람이 막노동꾼에
서 서울대 수석 합격자가 될 수도 없고, 모든 강사가 스티븐 코비
Stephen covey처럼 유명세를 떨칠 수도 없다. 그러나 베스트셀러를 희망
하는 모든 사람은 이기주 작가처럼 홍보할 수 있다. 온 마음을 쏟아

서 기록한 소중한 나의 책에 대해 '너도 날개가 있다'고 다독이며 홍보할 만한 의지는 누구나 갖고 있다.

제목에 따라, 시기에 따라 출간되는 책이 다르다는 말을 들은 적이 있다. 한여름에는 사람들이 책을 읽지 않으니 책 출간이 뜸한 반면, 선선하고 차분한 가을에는 책이 많이 팔린다는 것이다. 그러고 보면 천고마비天高馬肥의 계절이라는 말이 괜히 나온 말은 아닌 듯싶다. 시기적절한 때에 맞춰 알맞은 책을 출간해서 대박을 터뜨리는 경우도 있다. 혹자는 앞으로 인성교육에 초점을 맞춘 책이 많이 출간될 것이라고 이야기한다. 마음이 약해서 작은 일에 어려움을 겪는 사람들을 위해 다양한 인성교육 서적이 출간될 것이라고 말한다.

오랜 시간 꾸준히 읽혀온 고전들은 마음의 세계에 대해 깊이 있게 기록했다는 특징이 있다. 지금보다 훨씬 어려운 형편 속에서 크고 작은 문제들을 하나하나 이겨낸 사람들이 쓴 책에는 무척 아름다운 지혜가 숨어있다. 당대의 베스트셀러는 어디까지나 현실을 반영할 뿐이다. 고전이 되기까지는 오랜 시간이 걸린다. 사람의 마음을 아름답고 풍요롭게 만들어지는 책이 꾸준한 베스트셀러가 되면 서점가의 베스트셀러 순위도 조금씩 달라지지 않을까. 마음을 풍요롭게 만들어주는 책들이 많아지길 바라본다.

베스트셀러 보다 중요한 3가지

아내가 첫아이를 가졌을 때 일이다. 함께 산부인과에 가서 심장이 뛰는 소리를 들었다. 빠르게, 규칙적으로 뛰고 있었다. 아무렇지 않았고 무덤덤했다.

어린 시절, 내 손을 잡고 목욕탕으로 가시던 아버지의 얼굴이 생각났다. 뜨거운 물에 아들이 놀랄까 봐 한 손으로 조금씩 등에 물을 끼얹어주시던 아버지의 얼굴.

"내가 아버지가 되는구나."

눈물이 터진 것은 산부인과를 나온 직후였다. 아내를 끌어안고 펑펑 울었다. 많은 생각이 들었다. 아버지가 된다는 게 믿어지지 않았다. 사회생활을 하기 전까지 상장이라곤 개근상이 다였다. 평생 속이나 썩이고 말썽이나 피우는 아들일 줄 알았는데. 한참 동안 눈물을 흘렸고, 아버지와 통화하면서 한 번 더 눈물을 쏟아냈다.

책은 자식과 같다. 분신이다. 상품이기 이전에 나를 대변하는 철학이며, 합법적으로 내 이야기를 타인에게 전할 수 있는 기회다. 그런 책 한 권을 쓰기 위해 많은 작가 지망생들이 밤을 지새운다. 그렇게 완성된 첫 책이 출간되었을 때 기쁨은 더할 나위 없이 크고 값지다.

첫 책 출간의 기쁨은 말로 형언할 수 없다. 이후의 과정도 마찬가지다. 어떻게 나를 관리하는지, 어떤 노력으로 지속적인 효과를 얻을 수 있는지에 따라 달라진다. 기쁨이 커질 수도 있고 사그라들 수도 있다.

베스트셀러가 되는 것은 좋다. 누구나 베스트셀러가 되고 싶어 한다. 하지만 베스트셀러보다 중요한 것들이 있다. 나는 이 3가지가 베스트셀러가 되는 것보다 훨씬 중요하다고 생각한다.

첫째, 스테디셀러

베스트셀러는 발품이나 마케팅에 따라 어느 정도는 가능하다. 다만 일시적인 현상이다. 영향력의 범위가 넓지 않다. 초대형 베스트셀러가 되지 않는 이상 경제적인 여유에도 한계가 있다. 스테디셀러는 꾸준히 지속되는 것을 의미한다. 지속적인 영향력을 미칠 수 있는 책이 단기간 영향력을 미치는 베스트셀러보다 훨씬 의미 있다는 것은 당연하다. 그런 원고를 쓰는 것, 그래서 오랫동안 사람들에게 깊은 감동과 영향을 줄 수 있는 것, 그게 더 중요한 관건이다.

출간의 기회는 다양해지고 다양한 부류의 작가들이 탄생하고 있다. 시대를 품는 책이 얼마나 있는지는 생각해봐야 할 문제다. 마음의 깊이가 담기지 않은 책도 책이라고 할 수 있을까? 생각해봐야 할 문제다.

모든 사람들이 『국부론』을 쓸 수는 없다. 아무나 『일리아스』를 기록할 수도 없다. 다행히도 지금은 『국부론』이나 『일리아스』보다 쉽고 흥미로운 나의 이야기를 듣고 싶어 하는 사람들이 더 많은 시대다. 역사의 이해, 정치권의 문제, 다양한 변수를 주제로 삼은 이야기들보다 솔직하고 쉬운 글을 찾는 사람들이 대부분이다. 트렌드라는 것도 큰 획을 주축으로 변화할 수 있다. 하지만 훌륭한 책을 쓰겠다는 마음이 없다면 이야기는 달라진다. 책 쓰기는 세계를 담는 작업이다. 변화를 불러일으키지 못하는 책은 시시콜콜한 농담보다 나을 바 없다. 마음에 울림을 주는 깊이도 없는데 시시콜콜한 내용이나 읊조리는 사람이라면 책 쓰기는 일찌감치 그만두고 직장생활에 충실하는 게 더 낫다.

둘째, 강연

책은 다양하고 풍부한 세계를 담고 있지만, 작가의 입장에서는 관점이나 사상을 압축해서 기술한 요약집에 불과하다. 강연은 그렇지 않다. 직접적으로 그 세계를 느낄 수 있다. 질문과 답변을 통해 관계를 형성시킬 수 있고 더 많은 기회들을 만들 수 있다. 그 기회는 놀랄 만큼 성장한 나를 만든다.

두 번째 책을 출간하면서 새로운 사람들을 많이 알게 되었다. 강의를 하면서 화려한 이력을 갖춘 사람들을 만났다. 그들도 강의를 다녔다. 무료 강의도 했고 소정의 강의료를 받기도 했다. 그렇게 자신의 브랜드를 하나하나 만들어갔다. 그들에게는 강의료가 목표가 아니었다. 일반인들의 수준을 뛰어넘는 경험을 하나씩 갖고 있었던 그들은 강의를 통해 더 큰 인맥과 기회들을 만들어갔다. 장성 출신의 예편 군인, 서울대 출신의 신문기자, 대기업 임원 출신의 출판사 편집국장, 글로벌 초일류 기업의 본부장 등등이 그들이었다. 그들은 작가로서의 나를 인정해주었고 친히 첨삭지도를 도와주었다. 단순한 인맥의 문제가 아니었다. 가치관의 확장이었다. 그들이 가진 창의력, 리더십, 최상의 결과를 만들기 위한 올바른 선택과 집중의 자세는 자연스럽게 겸손을 가르쳐주었다.

셋째, 꾸준함

좋은 원고는 한 번에 완성되지 않는다. 누구나 창작의 고통은 크다. 반면에, 집중력은 지속되지 않는다. 운동, 식단 조절, 명상이나 대화를 통한 심적 안정을 누리는 게 필요하다. 꾸준한 집필은 나를 성장시키는 기회다. 꾸준한 집필 없이 좋은 원고가 나오진 않는다. 매일 일정 분량 글을 쓰는 습관을 들인다면 자신이 느끼지 못하는 사이에 큰 폭으로 성장하는 모습을 발견하게 된다.

결혼하면서 아내에게 자주 했던 이야기가 있다.

"집은 작아도 좋다. 서재는 있어야 한다."

결혼하고 많은 어려움이 있었지만, 서재에서 보낸 시간들은 그 어려움들을 능히 이겨낼 수 있을 정도로 귀중한 경험들로 가득했다. 지금도 서재에 앉아서 이 책의 마지막 원고를 점검하고 있다. 서재는 내게 새로운 세계를 만나게 해주는 귀중한 공간이다.

마음이 힘들고 어려울 때는 서재에 앉아서 기도하고, 책을 읽고, 또 책을 썼다. 두 달 사이에 두 권의 책을 썼는데 쉽진 않았다. 불면증을 경험해본 적이 한 번도 없었는데 매일 원고지 50매 분량의 원고를 쓰느라 자주 피곤했다. 몸살이 찾아오고 관자놀이도 많이 아팠다. 하지만 충분히 이겨낼 수 있었다. 자식을 잉태하는 과정이란 이런 게 아니겠는가, 생각했다. 그만큼 남는 것도 많은 시간이었다.

부담스러운 일이 생겼을 때 이길 수 있는 방법은 부담을 즐기는 것이다. 책을 쓰면서 부담스러운 일이 많이 있었다. 무엇보다 책 쓰기에 관련된 책을 쓰게 될 줄은 상상도 하지 못했다. 생각조차 해본 적이 없다. 첫 책을 출간하고 난 뒤 많은 분들에게서 책 쓰기에 대한 노하우를 묻는 질문이 많았고, 나도 책 쓰기 길잡이에 관련된 책을 써볼까 하는 생각을 잠시 했다. 마침 새로운 사업을 준비 중에 있었는데다 도움이 될 것 같아서 찬찬히 쓰기로 한 것이 이렇게 빨리 책으로 출간될 줄은 몰랐다. 책 쓰기에 관심을 가진 많은 분들에게 도움이 되었으면 하는 마음으로 한 자 한 자 적어보다가 한 권의 책이 되었다. 이 책의 출간을 통해 올해는 내 인생에 잊을 수 없는 한 해가 될 듯싶다. 참 감사하고, 행복한 순간이다.

기회는 누구에게나 찾아온다. 기회를 기회로 인지하지 못했을 뿐이다. 책 쓰기는 내게 기회였고 귀중한 경험의 연속이었다. 앞으로도 꾸준히 세상에 도움이 되는 책을 쓰고 싶다. 좋은 글, 완벽한 글을 쓸 수 있을 것이란 기대는 하지 않는다. 다만 어떤 책을 쓰게 되던지, 그 책들은 세상에 빛을 비추는 도구가 될 것이라고 믿어 의심

치 않는다. 지난 10년 동안 내가 배우고 경험한 세계들은 모두 타인의 행복을 돕기 위해 겪은 귀중한 시간들이었다. 그 시간들을 앞으로도 책으로 담아내고 싶다. 담백하고 좋은 글을 쓰고 싶다.

『참고문헌』

1. https://www.mk.co.kr/news/economy/view/2018/05/284862/

2. https://www.youtube.com/watch?v=OXEgLPLfN0c

3. 위 링크와 같은 주소에서 발췌한 자료이다.

4. http://m.ch.yes24.com/article/view/37588

5. 『혼자 하는 공부의 정석』 에필로그 참조, 한재우, 위즈덤하우스

탁월한 책쓰기

초판 1쇄 발행   2019년 10월 20일

글쓴이   전준우
펴낸이   김왕기
디자인   푸른영토 디자인실

펴낸곳   **(주)푸른영토**
　　　　　주소　　　경기도 고양시 일산동구 장항동 865 코오롱레이크폴리스1차 A동 908호.
　　　　　전화　　　(대표)031-925-2327, 070-7477-0386~9 · 팩스 | 031-925-2328
　　　　　등록번호　제2005-24호(2005년 4월 15일)
　　　　　홈페이지　www.blueterritory.com
　　　　　전자우편　book@blueterritory.com

ISBN 979-11-88292-89-9   03800